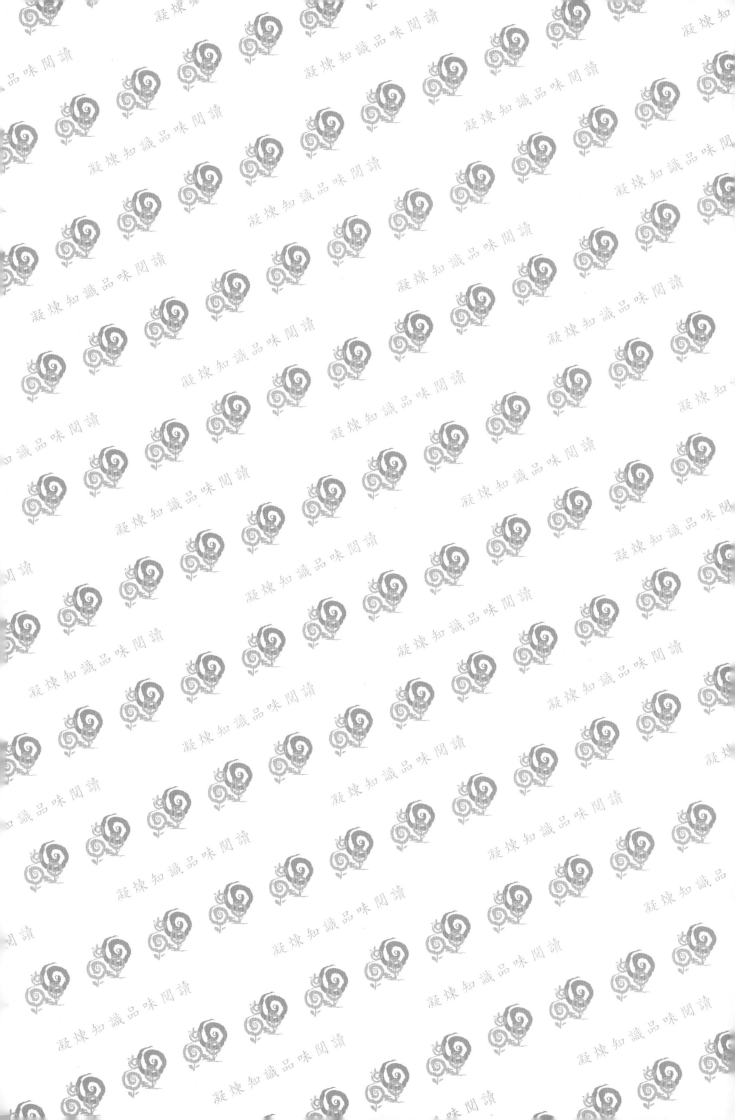

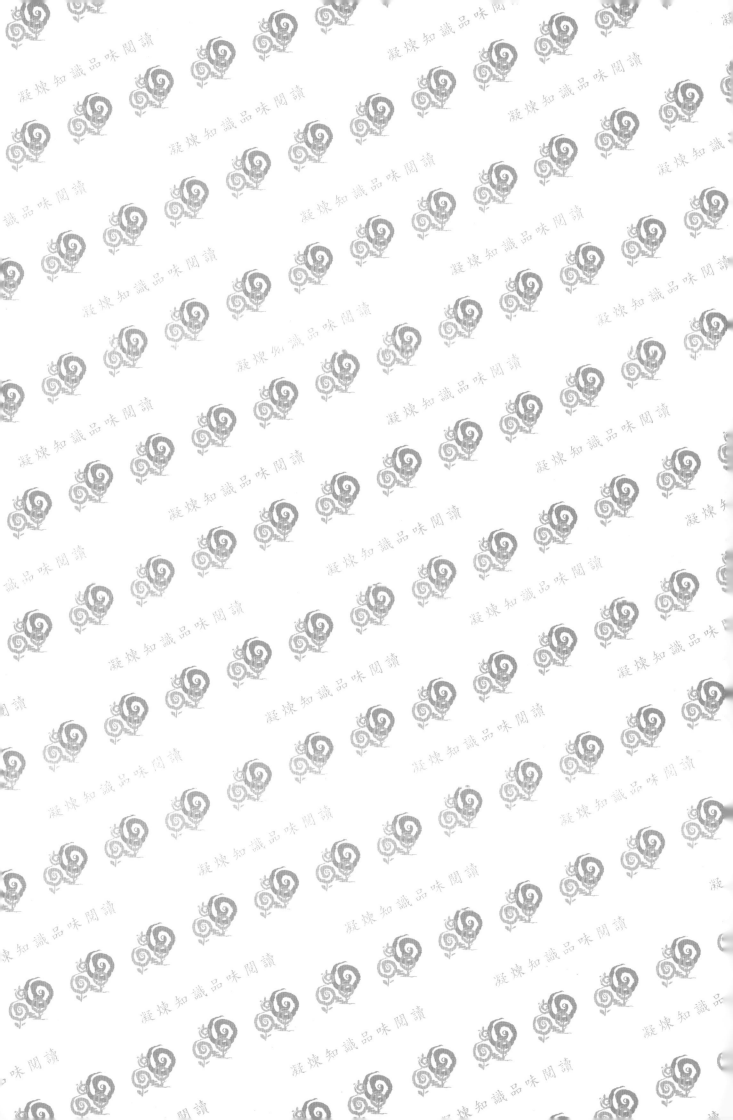

新聞日語

應用外語
23

許均瑞 著

五南圖書出版公司 印行

推薦序　21世紀を生きるために 新聞の新しい読み方を身につけよう

　　現代は情報化時代と言われ、身のまわりにはたくさんの情報があふれています。しかし、たとえばインターネットの情報源はどこから来ているかと言えば、それは以前からあった新聞、雑誌、各種の図書がネット用に再編集されたり、引用されたりして流布しているのが大半です。新しいメディアの時代が来たと言っても、実は、今まであった情報源が形をかえたものです。新聞は、その中で 200 年以上に渡る歴史を持つ大衆の情報源として、現代でも重要な機能を果たしています。台湾の大学の日本語関係学科の授業にも、「新聞選讀」のような内容で、日本語新聞を読解する授業が設けられています。そうした授業を皆さんは、どんな形で受けているでしょうか？もし「新聞に書かれていることはみな正しい」というような読み方で、読んでいるとしたら、それはメディア情報の利用の仕方として、かなり時代遅れの誤った情報の利用方法です。二回の世界大戦で新聞の煽動により惨禍を被った欧米の諸国では、メディア・リテラシー（大衆情報運用能力）の授業が普及していて、メディアの情報がどのように集められて、一定の目的で編集されていくかを小学校から学んでいます。残念ながら、アジア圏では日本はもちろん台湾でも、こうしたメディア情報利用の訓練はまだ途上についたばかりです。情報化社会だからこそ、メディア・リテラシー（大衆情報運用能力）を身につけることは、今後の台湾の発展と皆さんの生活に欠かせない能力と言えるでしょう。

　　この教科書は、まさにメディア・リテラシーの観点で新聞の情報を読解するために編集された、時代の先端をいく内容です。おそらく日本でも台湾でも、こうした意図で編集されている日本語学習用教科書は、まだほとんどないといっても言い過ぎではないでしょう。この教科書を編集した許均瑞先生は、日本のメディア研究では先駆的な試みをしていた大阪大学に留学して、博士号を取得した優れた研究者です。台湾で教鞭をとりながら、教室の学生達とともに、台湾をとりまく様々なメディア情報を読解しながら、現代人として情報をいかに利用すれば、自分達の社会をよりよい方向に進めることができるかを模索してきた結果、今回の教科書が生まれました。この教科書は、NIE（新聞の教育利用）の観点から日本の新聞を読解することで日本の現状を理解し、情報の性

格を読み取って検討討議し、台湾との関係の中で今後の生活にどう活かすかを、考えることができるように編集されています。この一冊で学び、討論することで、ただ日本語の意味を理解するだけではなく、今まで触れていたいろいろなメディア情報が全然、違った角度から捉えられるようになるでしょう。21世紀を生きる学生の皆さんに、お勧めの一冊です。

淡江大学日本語文学科教授

落合由治

2015年10月25日

作者序

在銘傳大學應日系擔任「新聞日語」的課程已經好幾個年頭了。這個課程主要都是以日本的報紙為教材，搭配各種的課堂活動，讓學生們可以透過了解現代的日本，嘗試著使用自己已學的日語來表達自我的意見。

也因為這堂課的關係，在課程素材的準備上，筆者必須時時留心日本的最新訊息，並且也要試著去了解現在的年輕朋友們對於日本，有哪些事情是想知道的，有哪些事情覺得是值得參考的？從大環境和社會的議題到個人生活型態的關心等等，為了達成更多的資訊提供和讓同學閱讀最即時的日文報導，在這堂課當中，從來沒有使用過相同的一則新聞報導，也沒有一個學期的課堂活動是重複的。

於此同時，為了備課，為了帶領同學們積極地參與表達個人意見為目標所設計的課堂活動，身為任課教師相對的必須花費更多的時間和精神來準備。但是，看到讀報和相關活動完成後，每位同學臉上的成就感，筆者相信「新聞日語」這堂課，可以帶給學生的事情有：1.活用已學 2.促進思考 3.擴展視野、學習新知，然後，最後的第4點也是最重要的：活在當下的自信心。

報紙在台灣已經是一個式微的媒介，習慣使用網路來獲取資訊是這個時代的大趨勢。但是報紙所能呈現的微觀社會卻是另一種值得珍視的價值，文字的溫暖與紙張的一覽性，資訊的正確度與完整度，有太多的東西不該被網路取代。但是受限於我們身於海外，自由取得日文的報紙，的確有著很高的難度。

其中，日本読売新聞東京本社・教育ネットワーク事務局所製作的學習表單是筆者在課堂當中最常使用的素材。許許多多有趣的題材和製作精美的版面，再加上設計好的問題，讓教師可以馬上使用，並且透過問題讓同學用日文來展現自己的思緒、想法以及理念。

在這本書中感謝読売新聞東京本社・教育ネットワーク事務局授予學習表單的著作權，讓台灣更多的日語學習者能夠藉由表單來嘗試閱讀日文的報紙報導以及使用日語回答並且在筆者所設計的延伸思考單元中，想想台日之間的關連性。也希望透過這些比較，能夠讓學習者們也了解如何用日文來介紹台灣，了解台灣。

最後感謝五南圖書讓筆者有機會貢獻所學，將自己的教學理念付梓。謝謝日文主編朱曉蘋小姐的辛苦付出，沒有她的堅持和努力，也沒有這本書的誕生。最後謹將這本書獻給一路支持筆者的家人、朋友和老師們！

筆者謹識於 2016 年春末

學習目標與建議

透過這本書預期可達成的學習目標

日本國際交流基金在「達成互相理解目的之日語」（相互理解のための日本語）的理念之下，製訂了「JF スタンダード」。在這個基準之下，將語言行為與活動的各個層面與語言能力的關係用大樹的形態呈現。

在圖中有許多的數字，各自又代表了不同的語言活動與內容。在本書中所著重的分別是：

達成溝通的語言活動

- 在接受的部分為
  6：讀、8：找出需要的資訊、9：讀取資訊和要點、10：讀說明（以上皆為語言活動）
- 在輸出的部分則是
  17：寫作（語言活動）、33：思考表達方法（語言方策）
- 在文本的處理上為
  40：摘要或是抄寫

達成溝通的語言能力

- 架構語言的能力
  41：能夠使用語言的範圍、42：使用語言的領域、43：語彙的應用、44：文法的正確度

而在學習者的程度設定上，本書參照「JF スタンダード」所設定的六個程度別，讓本書的難易程度區界於 A2 後期 -B1 後期的學習者。

A2 的學習者是屬於基礎階段，而 B1 則是進入獨立自主學習的程度。因此，本書建議的使用者，是已經完成日語基本文法的學習，而且有興趣開始嘗試閱讀篇幅稍長，具有完整文章的形態與意義者。如果您是日語的初學者，那麼本書對於您而言，可能稍有難度，而如果您是自學者，則我們建議您在使用本書時盡量多使用字典或是網路搜尋工具，多尋找與整理相關的例句。並且也可以利用各項網路工具確認自己的句子是否具有文法上的正確與完整度。在本書中著眼的是以句子為單位的表達能力，也請本書的使用者不要害怕錯誤，盡可能從單字或是句型的學習走向句意完整表達的學習階段。

此外，本書的特徵是我們採用日本《讀賣新聞》所設計的「讀報教育表單」做為閱讀的練習文本，因此在內容上每一份表單都有完整的設計了針對內容的問題，與讓學習者表達意見的問題。雖然在本書當中有階段性的設計了學習目標與活動，但是因為表單本身的設計上，均可以單獨使用，因此，建議教師可以斟酌刪減內容，全部使用或是配合本書的設定目標循序前進。

而利用教育表單加上本書所增加的單字與句型的學習與意思的確認，將可以協助教師在課堂當中，先完成內容的讀解後，再進行自我意見的發表。在意見的發表時，不管是以書寫的形態或是口頭的方式來表達，我們都建議教師們可以先以中文確認學習者想

呈現的意義概念，因爲在母語能夠完整的表現其意義時，日語表達方有可能達到正確。

當然，對於程度上尚無法以日語完整表達自我意見的學習者，以日語閱讀，以中文發表意見，也是非常具有意義的學習型態。因爲本書的特徵在於新聞報導的活用，每一份表單都是近年來日本所眞正發生的新聞報導，所使用的日語表達方式則是對日本人而言最基本的生活日語。所以，我們也可以發現，越到後面的章節，句型的說明也越少。因爲，大部分的句型都已經在前面的報導出現過了。這就是報紙報導的特色，沒有艱深的句型與表達，但是在內容上卻還是可以呈現出日本每日生活當中的鉅細靡遺。

也因此對於在台灣的日語學習者來說，閱讀方式可深可淺，除了透過內文本身，了解日本社會文化的觀點，也可以利用網路以日語進行更進一步的資訊搜索與整理。此舉將使學習可以更加有趣，並且同時增加學習者的主動學習意願與參與感。

在書中我們使用四個部分來讓本書的使用者可以循序漸進的習慣閱讀日本報紙報導，並且在最後可以嘗試簡單的發表自己的意見。雖然在附錄當中都可以找到參考答案，但是我們還是建議不要過度依賴附錄，盡可能的讓自己參與查詢、整理與創造的過程，這樣的內容理解將會在學習記憶中留下最大的軌跡，而這樣的經驗將可以協助使用者在進入第四個部分：表達自我意見時，明確的了解到自己該蒐尋的資訊爲何？以及隨時修正自我表達的方式。

以下爲本書各個部分的簡單學習目標設定：

PART ❶

文章有標音，習慣稍有長度的日語報導。並依照標音查詢意思、句型。

能夠大概理解報導內容，並從報導當中挑選符合表單問題的答案。

PART ❷

文章沒有標音，學習預測漢字讀音，並且查詢和確認正確讀音、句型。

能夠理解報導內容，能夠嘗試以完整日文句子回答課本問題。

PART ❸

文章沒有標音，預測漢字讀音，並且查詢和確認正確讀音、句型。

能夠以完整日文句子回答課本問題，以及將表單上對於報導的簡介翻譯成中文。

PART ❹

文章沒有標音，預測漢字讀音，並且查詢和確認正確讀音、句型。

能夠以日文回答課本問題以及日文簡單介紹本文內容。

能夠查詢台灣是否有類似的新聞，再以中文或是日文表達自己的意見。

若是採用本書爲教科書，依照學習者的程度，亦可在四個部分都採用同樣的學習活動。（例如：全班的程度都有接近 B1 後期的話，可以全部的學習表單都採用 PART4 的流程和目標。亦可單獨採用表單，但以本書加強單字與句型。）

針對台灣的日語學習者：

　　我們在這裡強烈的建議，務必養成查詢與確認，讀音以及漢字寫法（含筆順）與句型活用的習慣。

關於漢字

　　其實日語的漢字有很多和台灣的國字有細微的不同，但是多數的學習者並沒有認真地去看待，而是以國字的習慣性寫法取代（如：「学」這個字的上半部分，與大家平日寫簡字的三個點的寫法是不同的），這樣其實對於學習的正確度上是大打折扣的。

　　而讀音更是台灣學習者的一大罩門，很多漢字在不同的地方會有不同的讀音，可是卻常常有學習者以一種讀音走遍天下，導致每一次都錯，卻總是不知道自己錯在哪裡。

* 網路上的免費字典常有誤謬，尤其是因為系統平台語系的關係，很多時候常出現漢字錯誤的情況。若個人的日語學習已經有一定的程度，本書建議付費購買在手機或是平板電腦系統上可以使用的日日字典，將對學習有極大的助益。

關於句型

　　在查詢的過程，可以多關注伴隨出現的日文句子，並且選擇最簡單的一句加以背誦，這樣可以讓自己增加對於句型使用的熟練度。因為熟練度的增加，以及例句的背誦，在需要表達自己的時候，才能夠馬上做出判斷與說出正確度較高的句子。

※ 詞性簡稱：

　　Na：ナ形容詞

　　N：名詞

　　A：イ形容詞

　　V：動詞

目錄 Contents

PART4　從日本報導看台灣：表達自己的想法與意見　　　93

PART1

閱讀有標註讀音的日本報紙報導

學習目標

文章有標音，習慣稍有長度的日語報導，並依照標音查詢意思、句型，能夠大概理解報導內容，並從報導當中擷取符合表單問題的答案。

我們建議的學習步驟

1. 快速地使用原始表單閱覽過報導。
2. 使用重新打字過的報導內容，依照報導當中所標註的讀音，查詢並確認單字的意思。
3. 依照書中所提示的句型用法，確認例句的意思，並進一步確認本文句意。
4. 再度使用原始表單閱讀報導內容。
5. 嘗試回答課本的問題。
6. 比較自己的回答與參考答案的異同。

1-1

投げる力 低下

年　　組（　　）名前　　　　　　　　サイン

体育の日（10月13日）にあわせて、文部科学省が、体力・運動能力テストの結果を発表しました。その結果によると、10歳の男子のボール投げの記録が、50年前よりも6メートル短くなっていました。

（2014年10月23日読売KODOMO新聞）

投げる力 低下

小学生の投げる力がどんどん低下しています。10歳の男子のボール投げの記録が、50年前と比べて6㍍も短くなっているのです。

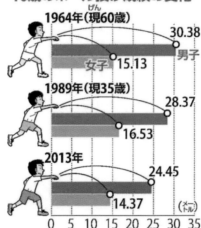

10歳のボール投げ成績の変化

1964年（現60歳）　男子 30.38　女子 15.13
1989年（現35歳）　28.37　16.53
2013年　24.45　14.37
（メートル）
0　5　10　15　20　25　30　35

①グラフを見て、女子の成績が良かった年と、悪かった年の差は、何メートルですか。

差	メートル －	メートル ＝	メートル

②記事を読んで、投げる力が弱くなった理由を2つ書きましょう。

・_____

・_____

③体力がつくと、どんないい点がありますか。記事を読んで、2つ書きましょう。

・_____

_____

・_____

_____

④体力をつけるために、今日からどんなことを始めたいと思いますか。

_____

_____

遊べる場所減る

なぜ、投げる力が弱くなってきたのでしょうか。

ボール投げは、投げ方のコツや慣れが必要だと言われています。最近は、キャッチボールなど投げる遊びが減り、遊べる場所も少なくなってきたことが、理由の一つにあるようです。

また、調査では、ボール投げ以外の体力も、成績が一番よかった1985年ごろより低くなっていることがわかりました。

生活が便利になったことで、車やエレベーターなどに頼りがちになり、生活の中で体を動かすことが少なくなりました。こうしたことが、体力低下につながっていると言われています。

体力がつくと、カゼなどの病気にかかりにくくなります。また、やる気や集中力といった脳の働きも高まります。体を動かすことは、元気でじょうぶな体をつくるためにとても重要なことなのです。

ボールの投げ方のポイント

ボールの握り方
小さなボールの場合、親指、人さし指、中指で浅くにぎり、薬指と小指は曲げてボールにそえよう

腕の振りなど
ひじを高く上げ、投げる方向に対して横向きに立つ。ボールを持った側の足に体重をかけ、前に踏み出しながら投げよう

©The Yomiuri Shimbun

読売新聞 から　教育関連情報は「読売教育ネットワーク」で　http://kyoiku.yomiuri.co.jp

「読売新聞　2014年10月29日付」
（ワークシート配信日）

重點單字

記録 （きろく）	記錄	働き （はたら）	工作，運轉
コツ	技巧	高まる （たか）	提高
遊び （あそ）	遊戲	薬指 （くすりゆび）	無名指
調査 （ちょうさ）	調查	ひじ	手肘
（が）つく	有，附加上	横向き （よこむ）	朝向橫的方向
やる気 （き）	幹勁	テスト	測驗，考試
集中力 （しゅうちゅうりょく）	專心的能力	グラフ	圖表

▶ 要注意寫法的漢字

録　查　頼　歳　浅　横　働　薬　対

句型

【と比べて（に比べて・と比べると）】與…比起來

➡ [Nに比べて]　[Vのにくらべて]

・冬は夏に比べて気温も湿度も低い。
・外国で仕事をするのは、旅行するのに比べて何倍も大変だ。

報導中的句子

10歳の男子のボール投げの記録が、50年前と比べて6メートルも短くなっているのです。（10歲男孩的丟球紀錄，比起50年前短了6公尺。）

【に対して】對…

➡ [Nに対して]　[Naなのに対して]　[A-いのに対して]「Vのに対して」

・深刻な環境破壊に対して、私たちは何ができるだろうか。
・ビーグル犬が活発なのに対して、ハスキー犬はおとなしいことが多い。

- 北部が寒いのに対して、南部はとても暑い。
- 新鮮な生卵は黄身が盛り上がっているのに対して、古いものは黄身がつぶれている。

ひじを高く上げ、投げる方向に対して横向きに立つ。（高舉手肘，相對於丟球的方向橫著站。）

發生了什麼事？（人、事、時、地、物）

我們來看看表單上的問題

① グラフを見て、女子の成績がよかった年と、悪かった年の差は、何メートルですか。

（看看圖表上，女孩子成績好與不好的年度，差了多少公尺呢？）

_____

_____

_____

_____

② 記事を読んで、投げる力が弱くなった理由を2つ書きましょう。

（閱讀報導，寫出丟球力道變弱的兩個原因。）

_____

_____

_____

_____

③ 体力がつくと、どんないい点がありますか。記事を読んで、2つ書きましょう。

（有體力的話，有哪些好處？閱讀報導，寫出兩個好處。）

_____

_____

_____

_____

延伸思考

➡ 報導當中說日本人的體力似乎有下降的變化，那麼體格的變化呢？請查查近 10 年來日本人體格的變化，並與體力的變化一起想想其中的關聯性。

➡ 小朋友的活動空間為什麼越來越少？請查查日本保育所的建設問題（查詢關鍵字：保育所の建設問題）

➡ 台灣的孩子體力有變好還是變差的傾向嗎？請查查是否有網路資料，並思考與日本的不同之處。

1-2

食生活変わり
自給率下がる

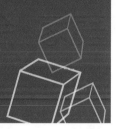

年　組（　　）名前　　　　　サイン

> 国民が食べている食料は、どのくらい国内で作られているか。その割合を示しているのが「食料自給率」です。日本は先進国の中で最も低い39パーセントしかありません。

食生活変わり 自給率下がる

日本の食料自給率は、50年ほどの間に、少しずつ下がってきました。その理由の一つに、私たちの食生活が変化したことがあります。

かつては、主食であるお米を中心に、魚や野菜などを多く食べていました。でも、洋食化がどんどん進んで、パンや肉をたくさん食べるようになりました。パンの原料となる小麦や、牛や豚のエサ用のトウモロコシは、雨が多い田んぼや畑が減り、農作物の生産量も減ってしまいます。そのため、足りない分を輸入する必要が出てくるのです。

農業をする人が減って、自給率の低さにつながっています。農業をする人が減ってしまっていることも、自給率が低いのです。

このため、外国からの輸入に頼らなければならないのです。

日本の気候には合わず、大量には作られていません。

和食▷洋食

食品ごとの自給率

和食
- 魚（食用）60パーセント%
- 海藻（ノリなど）69%
- 野菜79%
- 米（主食用）100%
- 大豆（みそ、豆腐など）7%

洋食
- 牛乳・乳製品64%
- 果物39%
- 小麦（パンなどの原料）12%
- 牛肉41%

米100パーセント%　大豆7%

私たちが口にする食べ物の食料自給率はどのくらいあるでしょう？

お米は100％。野菜や海藻、魚も日本でたくさん作ったり、とったりしているため、自給率は高くなっています。

意外にも、和食のイメージがあるみそや豆腐、納豆の原料となる大豆は、たったの7％。パンやパスタ、うどん、ケーキの原料となる小麦も12％しかありません。たくさんの食べ物を輸入に頼っていることがわかりますね。

（2014年9月25日　読売KODOMO新聞）
©The Yomiuri Shimbun

---

①日本の自給率が下がってきた理由を2つ書きましょう。

➤
_____
_____

➤
_____
_____
_____

②右の「食品ごとの自給率」の図から、50パーセント以上の食品を、高い順にぬき出しましょう。

順位	食品名	割合
1	米（主食用）	100%
2		
3		
4		
5		

③この記事を読んで、考えたことを書きましょう。

_____
_____
_____

読売新聞 から　　教育関連情報は「読売教育ネットワーク」で　http://kyoiku.yomiuri.co.jp

「読売新聞　2014年10月1日付」

和食 (わしょく)	日本食物	エサ	飼料
洋食 (ようしょく)	西方食物	輸入 (ゆにゅう)（vs. 輸出 (ゆしゅつ)）	輸入
自給率 (じきゅうりつ)	自給率	農作物 (のうさくもつ)	農作物
食生活 (しょくせいかつ)	飲食生活	田んぼ (た)	水田
主食 (しゅしょく)（vs. おかず）	主食	畑 (はたけ)	旱田
（に）頼る (たよ)	依靠，依賴	どのくらい	多少
小麦 (こむぎ)	小麥	…ごと	每一（個）…

▶ 要注意寫法的漢字

豚　麦　畑　納　変　割　図　国　読

句型

【ほど】表示數量或是程度的多與強（中文無法直接對譯）

➡ ［数量詞＋ほど］〈概数〉

・授業が始まっているのに、教室には十人ほどしか学生がいなかった。

・東京ドームは、一時間三十万円ほどで、誰でも借りることができる。

報導中的句子

日本の食料自給率は、50年ほどの間に、少しずつさがってきました。（日本的食物自給率，在50年間漸漸地變低了。）

【ようになる】變成…，變得…

➡ ［Vる＋ようになる］　［V-ない＋ようになる］

・近くに新しいマンションができたので、店には客がたくさん来るようになった。

・海で泳ぐのが楽しいので、テレビや漫画はあまり見ないようになった。

報導中的句子

でも、洋食化がどんどん進んで、パンや肉をたくさん食べるようになりました。
（但是，飲食的西化不斷的進展，變得多食用麵包和肉類了。）

【ため】

➡ [N のため]　[Na なため]　[A/V ため] 因為…

・水不足のため、今日から一週間、午前中は断水だ。
・鈴木さんはとても短気なため、友達から「瞬間湯沸かし器」と呼ばれている。
・気分が悪かったため、今日は会社を早退した。
・誰かが「爆弾を仕掛けた」という脅迫電話をかけてきたため、コンサートは中止
　になった。

報導中的句子

野菜や海藻、魚も日本でたくさん作ったり、とったりしているため、自給率は高く
なっています。（因為蔬菜與海藻、魚類等在日本生產的多，所以自給率也很高。）

【しかない】只有，僅有

➡ [N（＋助詞）しか…ない]

・一日中遊んだので、財布の中にはもう小銭しか残っていない。
・この博物館は週末は休みで、私は月曜日に帰国するので、行ける日は今日しかな
　い。

報導中的句子

パンやパスタ、うどん、ケーキの原料となる小麦も 12％しかありません。
（小麥做為麵包、義大利麵、烏龍麵、蛋糕的原料，卻僅有 12%。）

發生了什麼事？（人、事、時、地、物）

我們來看看表單上的問題

① 日本の自給率が下がってきた理由を二つ書きましょう。

_____

_____

_____

_____

② 右の「食品ごとの自給率」の図から、50パーセント以上の食品を、高い順にぬき出しましょう。

_____

_____

_____

_____

延伸思考

➡ 所謂的和食是甚麼呢？日本人有哪些與飲食有關的教育呢？（查詢關鍵字：食育、地元食材）

➡ 請列出自己在台灣曾經聽過的（吃過的）日本食物。

➡ 自己在日常生活中所吃的食物是屬於台灣的傳統食物還是洋食呢？請舉出幾個嘗試用日文解釋其食材與食用的方法。

➡ 台灣的食物自給率在 50 年間有與日本一樣的變化嗎？關於食物自給率的上升或是下降，其好處或是壞處又各是甚麼呢？

➡ 你認為影響台灣食物自給率的原因是？與本篇報導相同嗎？

1-3

人手足りず倒産

年　組（　　）名前　　　　　　　　　サイン

（2014年8月28日読売KODOMO新聞より）

人手足りず倒産

物が売れ、世の中に回るお金の勢いが良くなっていると言われます。景気が回復する一方で、町の工場や個人が経営するお店など、中小企業が、経営を続けられなくなっています。

働く人が足りなくなる人手不足で経営がゆきづまり倒産してしまう会社が増えています。

会社の経営の状態について調べている東京商工リサーチのまとめでは、今年の前半（1〜6月）に、人手不足が原因で倒産した会社は137社。昨年の前半とくらべて22社増えています。

人手不足の原因の一つは、景気の回復です。景気が良くなると、仕事が増えるため、会社は従業員を増やします。現在は、大企業が従業員の確保に力を入れているため、中小企業に働き手が十分に回らないのです。

仕事を紹介するハローワークにはたくさんの求人情報が並ぶ

建設業では、特に人手不足が深刻といわれています。そこで、政府や建設会社のグループは、建設現場で働く女性の数を、これからの5年間で、現在の10万人から20万人に増やそうとしています。女性が働きやすくするため、建設現場で女性トイレの設置などを進めていく予定です。

①景気の回復が原因で、中小企業が倒産する仕組みを図にしました。【　】に当てはまる言葉をそれぞれ記事から抜（ぬ）き出しましょう。

景気が良くなると、【　A　】が増える。

そのため、会社は【　B　】を増やそうとする。

給料などが良い【　C　】が、【　B　】を集めてしまう。

【　B　】が不足し、中小企業が倒産する。

A:＿＿＿＿＿　B:＿＿＿＿＿　C:＿＿＿＿＿

②いくつもの建設会社が、あなたを雇いたいと言ってきました。給料と仕事の中身は同じです。あなたは何を基準（きじゅん）に会社を選びますか？　自分が大切だと思う基準を3つ書きましょう。

1・＿＿＿＿＿＿＿＿＿＿＿＿＿＿＿＿＿＿＿＿＿＿＿＿

2・＿＿＿＿＿＿＿＿＿＿＿＿＿＿＿＿＿＿＿＿＿＿＿＿

3・＿＿＿＿＿＿＿＿＿＿＿＿＿＿＿＿＿＿＿＿＿＿＿＿

例えば）・職（しょく）場の雰囲気が良い
・引っこしがない
・病気やケガした時の面倒見が良い
・職場においしい食堂がある。
・休みが取りやすい
・家から近い　　　　…などなど

③　働く人が増えるためには、国（政府）は、何をすれば良いと思いますか？

人手不足 (ひとでぶそく)	人手不足	設置 (せっち)	設置
経営 (けいえい)	經營，營運	（に）回る (まわ)	流通
まとめ	彙整的結果	仕組み (しく)	構造，架構
回復 (かいふく)	回復，恢復	雰囲気 (ふんいき)	氣氛，氛圍
従業員 (じゅうぎょういん)	工作人員，從業人員	景気 (けいき)	景氣
求人 (きゅうじん)	徵人	勢い (いきお)	氣勢，趨勢
確保 (かくほ)	確保	（に）当てはまる (あ)	符合
深刻 (しんこく)	嚴重	中身 (なかみ)	內容

▶ 要注意寫法的漢字

経　営　状　従　置　雰　囲　気　数

句型

【について】關於…

➡ [N について]

・友達に頼まれたので、台北の夜市について、学校新聞に記事を書いた。
・スピーチ大会では、いろいろな国の人が自分の興味があることについて演説した。

報導中的句子

会社の経営の状態について調べている東京商工リサーチのまとめでは、今年の前半（1～6月）に、人手不足が原因で倒産した会社は137社。（根據調查公司經營狀況的東京工商研究的整理，今年前半年（1-6月），因爲人手不足而倒閉的公司有137間。）

【とする】想要那樣做，正在努力（中文無法直接對譯，須配合前面動詞翻譯）

➡ ［V-ようとする］

・赤ちゃんが家の外へ出ようとしていたので、あわてて止めた。

・友達だと思って声をかけようとしたら、全然違う人だった。

報導中的句子

そこで、政府や建設会社のグループは、建設現場で働く女性の数を、これからの5年間で、現在の10万人から20万人に増やそうとしています。

（因此，政府以及建設公司集團，將在接下來的五年內，要設法將在工地現場工作的女性數量，從10萬人增加到20萬人。）

發生了什麼事？（人、事、時、地、物）

我們來看看表單上的問題

① 景気の回復が原因で、中小企業が倒産する仕組みを図にしました。【 】に当てはまる言葉をそれぞれ記事から抜き出しましょう。

（因為景氣恢復而導致中小企業倒閉的構造已如圖示。從報導中找出可以填入【 】內的詞。）

_____

_____

_____

② いくつもの建設会社が、あなたを雇いたいと言ってきました。<u>給料と仕事の中身は同じです。</u>あなたは何を基準に会社を選びますか？自分が大切だと思う基準を3つ書きましょう。

（有幾家建設公司表示要僱用你，薪水和工作內容都是一樣的。你會以何種基準選擇公司呢？請寫出對自己而言，三個重要的選擇基準。）

_____

_____

➡ 有聽過「年功序列」「終身雇用」制度嗎？請以日文上網查詢其意義。

➡ 人手不足與企業體制有關係嗎？（查詢關鍵字：派遣切り問題）

➡ 如果要解決人手不足的問題，你覺得該怎麼做呢？

➡ 台灣的就業市場需要的人才條件是？你覺得自己符合嗎？

➡ 如果台灣也有人手不足的問題，你認為該如何解決？

投票率アップ作戦

投票は会社帰りの駅前で——人の集まる便利な場所に投票所を作り、どこでも投票ができる仕組みを国が考えています。選挙で投票する人数を少しでも増やすための工夫です。

せいじ　投票率アップ作戦

◆選挙当日の投票所拡大のイメージ

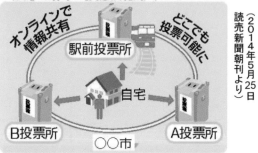

オンラインで情報共有
どこでも投票可能に
駅前投票所
自宅
B投票所　　○○市　　A投票所

（2014年5月25日読売新聞朝刊より）

①選挙で投票に行く人が少ないのは、なぜだと思いますか？

_____

_____

_____

②選挙で投票する人が少ないと、どんな問題が起きると思いますか？

_____

_____

_____

選挙の投票率をアップさせる作戦を国が考えています。国会議員を選ぶ選挙の投票率が、最近は低いからです。

選挙の日には、指定された1か所でしか投票できないことになっています。地域の学校や集会所などが投票所になります。

でも、投票所が家から少し離れている場合があります。選挙の日は日曜日なので、遊びに出かけて投票所に行かない人も多くいます。

このため、学校や集会所だけでなく、駅前など便利な場所に投票所をつくって、投票できるようにすれば、投票率が上がるはずだと国は考えています。

選挙の日に投票に行けない人が、事前に投票できる「期日前投票」も、時間を延ばす案が出ています。

国は、2016年の夏に行われる参議院選挙までに作戦を実行に移したいと考えています。

小学校に設置された投票箱

（2014年5月29日読売KODOMO新聞より）

③以下の人たちは、どんな場所に投票所があれば、便利だと思いますか。いくつも書きましょう。

有権者	電車に乗る人	車に乗る人	買い物客	家族連れ
投票所	・駅前の広場 ・キップ売り場			

【発展学習】ほかにどんな工夫をすれば、投票する人が増えると思いますか？話し合ってみましょう。

重點單字

<ruby>選挙<rt>せんきょ</rt></ruby>	選舉	<ruby>参議院<rt>さんぎいん</rt></ruby>	參議院
<ruby>投票<rt>とうひょう</rt></ruby>	投票	<ruby>実行<rt>じっこう</rt></ruby>に<ruby>移<rt>うつ</rt></ruby>す	付諸實行
アップ（vs. ダウン）	上升	<ruby>当日<rt>とうじつ</rt></ruby>	當天
<ruby>国会議員<rt>こっかいぎいん</rt></ruby>	國會議員	<ruby>拡大<rt>かくだい</rt></ruby>	擴大
<ruby>指定<rt>してい</rt></ruby>する	指定	<ruby>有権者<rt>ゆうけんしゃ</rt></ruby>	有投票資格者
<ruby>集会所<rt>しゅうかいじょ</rt></ruby>	集會所	<ruby>伸<rt>の</rt></ruby>ばす	延伸，伸展，拉長
（に）<ruby>出<rt>で</rt></ruby>かける	爲了…而出門	<ruby>人数<rt>にんずう</rt></ruby>	人數
<ruby>期日前<rt>きじつぜん</rt></ruby>	規定日（執行日）之前	<ruby>工夫<rt>くふう</rt></ruby>	下功夫，想辦法
<ruby>駅前<rt>えきまえ</rt></ruby>	站前		

▶ **要注意寫法的漢字**

> 選 挙 参 実 当 拡 乗 権 戦 帰 曜

句型

【場合がある】有…的狀況或是例子

➡ ［・・・ 場合もある］

・近くの都市なら、飛行機より新幹線で行く方が早い場合がある。

・箱の写真と実際の中身は少し色が違う場合もある。

報導中的句子

でも、投票所が家から少し離れている場合があります。（但是也有投票所離住家有點距離的例子。）

【ので】因為

➡ [N/Na なので]　[A/V ので]

- カードの色は赤なので、リンゴや口紅など、赤いものを持ってこなければならない。
- 今日は夕日がとてもきれいなので、明日は晴れる可能性が高い。
- 顔が青いので、医者に行った方がいいかもしれない。
- 明日から帰省するので、今夜は荷物の準備をする。

報導中的句子

選挙の日は日曜日なので、遊びに出かけて投票所に行かない人も多くいます。
（因為選舉是星期天，所以有很多人是出去玩而不去投票。）

【・・・だけでなく・・・も】不只…（連）

- この店だけでなく隣の店でも、今日はセールをやっている。
- いつも叱るだけでなくたくさんほめることも、子供には必要だ。

報導中的句子

このため、学校や集会所だけでなく、駅前など便利な場所に投票所をつくって、投票できるようにすれば、投票率が上がるはずだと国は考えています。
（因此，如果不只是在學校或是集會所，在車站前等比較方便的地方也設立投票所的話，政府認為這樣應該可以提高投票率。）

發生了什麼事？（人、事、時、地、物）

我們來看看表單上的問題
①選挙で投票に行く人が少ないのは、なぜだと思いますか。
　（你認為為什麼去投票的人很少呢？）

_____

_____

_____

②選挙で投票する人が少ないと、どんな問題が起きると思いますか。

（投票的人很少的話，會引發甚麼問題？）

_____

_____

_____

延伸思考

➡ 請以日文查詢日本近年來的參眾兩院議員的投票率。（查詢關鍵字：参議院選<ruby>挙<rt>きょ</rt></ruby>、 <ruby>衆議院選挙<rt>しゅう ぎ いんせんきょ</rt></ruby>）

➡ 台灣的立法委員選舉的投票率，與日本比較起來，有多少的差異？

➡ 日本已經立法將投票資格的年齡限制從 20 歲降低到 18 歲，請找出相關的報導。（查詢關鍵字： <ruby>１８歳選挙権<rt>じゅうはっさいせんきょけん</rt></ruby>）

➡ 台灣也有類似的輿論出現，對於降低投票的年齡限制，你是贊成還是反對呢？為什麼？

PART2

習慣沒有讀音

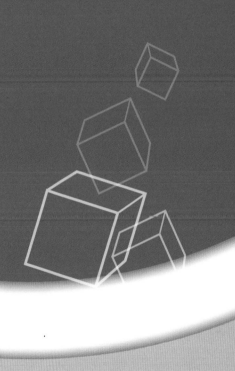

學習目標

文章沒有標音，學習預測漢字讀音，並且查詢和確認正確讀音、句型，能夠理解報導內容，能夠嘗試以完整日文句子回答課本問題。

我們建議的學習步驟

1. 快速地閱覽過報導。（預測漢字的讀音並迅速地閱讀）
2. 依照書中所提示的讀音，查詢並確認單字的意思。
3. 依照書中所提示的句型用法，確認例句的意思，並進一步確認本文句意。
4. 再度閱讀報導內容。
5. 嘗試以日文回答課本的問題。
6. 比較自己的回答與參考答案的異同。

2-1

フェイスブック「ええやん!」追加

> インターネット上で人々が交流するフェイスブックで、関西弁が使えるようになりました。フェイスブックでは、投稿を読んだ人が「いいね！」を押したり、自分の感想や意見を書きこんだりすることができます。そのとき使う言葉が、設定画面で「日本語（関西）」を選ぶと、関西弁になるのです。

フェイスブック「ええやん！」追加

ソーシャル・ネットワーキング・サービス（SNS）のフェイスブックは8日、利用できる言語の設定に関西弁を加えたと発表した。通常の日本語版の「いいね！」は「ええやん！」、「コメントする」は「つっこむ」に置き換わる。

フェイスブックは日本語のほか英語や中国語など約90の言語から利用者が設定を選ぶことができ、日本語では二つ目となる。設定変更はパソコンやスマートフォンなどでインターネットの閲覧ソフトを通じて利用する場合のみ可能で、アプリでは対応していない。

（2014年10月9日 読売新聞朝刊）

① フェイスブックの標準語は、どんな関西弁に置き換わりますか。

「いいね！」　→　「　　　　　　　　　　　　　　　　」

「コメントする」　→　「　　　　　　　　　　　　　　　」

② フェイスブックでは、日本語のほか、いくつの言語が選べますか。また、例えばどんな言語がありますか。

約　　　　　　　　　言語

例えば　　　　　　　語や　　　　　　　語

③ 関西弁への設定変更の決まりはどのようなものですか。【　】を埋めて答えましょう。

【　　　　　　　　】や【　　　　　　　　】などでインターネットの

【　　　　　　　　】を通じて利用する場合のみ、設定変更は可能。

【　　　　　　　　】では対応していない。

④ なぜ、関西弁を加えたのでしょうか。あなたの考えを書きましょう。

_____

_____

_____

_____

設定 せってい	設定	閲覧ソフト えつらん	閲覽用軟體
・・・弁 べん	（方言）腔	対応 たいおう	對應
変更 へんこう	變更	フェイスブック	臉書
（と）発表する はっぴょう	發表	アプリ	手機軟體
（に）置き換わる お か	置換	・・・に・・・を加える くわ	在…加上…

▶ 要注意寫法的漢字

弁　応　画　選

句型

【のみ】只有

➡ ［N のみ］　［V- るのみだ］　［N あるのみだ］

・ このイベントには、保護者といっしょの児童のみが参加できる。
・ 質問をしても、首を左右に振るのみで、まったく事情がわからない。
・ 計画は完璧だ。あとは実行あるのみだ。

報導中的句子

設定変更はパソコンやスマートフォンなどでインターネットの閲覧ソフトを通じて
利用する場合のみ可能で、アプリでは対応していない。（設定的變更只能透過電腦
或是手機，藉由使用閱覽軟體才行。APP 上面是無法對應變更的。）

發生了什麼事？（人、事、時、地、物）

我們來看看表單上的問題
① フェイスブックの標準語は、どんな関西弁に置き換わりますか。
　（臉書的標準語可以換成關西腔的？）

_____

_____
                            、
_____

②フェイスブックでは、日本語のほか、いくつの言語が選べますか。また、例えばどんな言語がありますか。

（在臉書上，除了日語還有多少語言可以選擇？而那些又是甚麼語呢？請舉例說明。）

_____

_____

_____

③関西弁への設定変更の決まりはどのようなものですか。【　】を埋めて答えましょう。

（轉換成關西腔的設定變更有哪些？請將回答填入【　】內。）

_____

_____

_____

延伸思考

➡ 推特、噗浪或是其他你常用的通訊軟體，在日文當中如何表達？

➡ 查查日本網站上有關使用通訊軟體禮儀的言論。（查詢關鍵字：SNS マナー）

➡ 台灣有那些地方上的語言也常被適用在網路中，舉例並以日文說明。

➡ 自己最常用的通訊軟體是甚麼？當中最常使用可以適切表達自己的文字或是記號是？

2-2

幸せホルモンの効用

記者コラム「オン／オフ」。今回は、心を落ち着かせるという"幸せホルモン"を紹介しています。

①ペットを飼う人は、どうして病院に通う回数が少ないのでしょうか？

_____

_____

_____

_____

_____

犬が不法投棄されるニュースが相次ぎ、胸が痛む。栃木県の鬼怒川河川敷では先月末、小型犬40匹以上の死骸が発見された。

ただ、国内で飼われる犬と猫は計2000万匹を超え、15歳未満の子供（1639万人）を上回る。ペット好きの多さを物語る数字だろう。

欧米の調査によると、犬や猫を飼う人が病院に通う回数は、飼っていない人に比べて約2割少ないという。ペットと触れ合うと、脳から「オキシトシン」の分泌が増えて心を落ち着かせるそうだ。これは俗に「幸せホルモン」と呼ばれ、ドイツでは年7500億円、豪州で3000億円の医療費を削減する効果があったとの

オン／オフ
on-off

幸せホルモンの効用

報告もある。

あいにく日本には同様のデータがない。そこで、ペットフード協会（東京都千代田区）は、飼い主1万人を対象とした初の聞き取り調査に乗り出す。

高齢化が進む日本の医療費は年40兆円近くに達し、毎年1兆円規模で増える見通しだ。協会の調査は、社会保障費を少しでも削りたい政府にも大いに参考になるだろう。自動車保険で無事故の運転者の保険料を割安にしているのと同様に、ペットの飼い主の保険料を安くする保険会社が出てくるかもしれない。

幸せホルモンの分泌は、親子や恋人が手をつないでも増えるという。それでもペットの効用に期待してしまうのは、人同士の触れ合いが減っているせいだろうか。

（小谷野太郎）

（2014年11月17日読売新聞朝刊）

②ペットの犬と猫の数が、人間の子供より多い日本。ペットを飼いたいと思う人がこんなに多いのは、どうしてだと思いますか？

_____

_____

_____

③あなたは、どんな時に自分の心が落ち着きますか？　"幸せホルモン"がたくさん出ているな、と思う状況を書きましょう。また、どうすれば、その機会が増えると思いますか？

■どんな時？

■機会を増やす工夫：

_____

_____

_____

_____

重點單字

相次ぐ (あいつ)	一個接著一個地	削る (けず)	刪減
(胸が) 痛む (むね) (いた)	(心) 痛	見通し (み とお)	預測，預見
以上 (い じょう)	以上	規模 (き ぼ)	規模
死骸 (し がい)	屍體	進む (すす)	進展，前進
飼う (か)	飼養	(に) 達する (たっ)	達到，到達
上回る (うわまわ)	遠超過	参考 (になる) (さんこう)	值得 (可做為) 參考
物語る (ものがた)	述説	飼い主 (か) (ぬし)	飼主
(に) 通う (かよ)	(定期或是次數多) 去	保険 (ほ けん)	保險
(と) 触れ合う (vs. に触れる) (ふ あ) (ふ)	接觸	親子 (おや こ)	親子
(が) 落ち着く (お つ)	穩定，鎮定	手をつなぐ (て)	牽手，攜手
分泌 (ぶんぴつ)	分泌	人同士 (ひとどうし)	同樣身為人
削減 (さくげん)	削減	ドイツ	德國
報告 (ほうこく)	報告	豪州 (ごうしゅう)	澳洲
データ	資料	(に) 乗り出す (の だ)	開始著手於
聞き取り調査 (き と) (ちょうさ)	訪問調查	割安 (わりやす)	打折扣
高齢化 (こうれいか)	高齡化	(に) 期待する (き たい)	期待

▶ 要注意寫法的漢字

敷 満 欧 触 脳 着 増 齢 県 険 転 様 恋 効 猫

句型

【によると】根據

➡ [N によると]　[V ところによると]

・学者によると、この古代文字は「太陽」という意味だという。

・李君のお母さんが説明してくれたところによると、李君は風邪を引いて寝ている
　そうだ。

【・・・という】〈伝聞〉（中文無法完全對譯）

・カエサルの最後の言葉は「ブルータス、お前もか！」だったという。
・風の噂では、佐藤さんは日本へ帰った後、小さな料理屋を経営しているという。

報導中的句子

欧米の調査によると、犬や猫を飼う人が病院に通う回数は、飼っていない人に比べ
て約２割少ないという。（根據歐美的調查，有飼養狗或是貓的人，比起沒有飼養的
人，上醫院的次數大概少了兩成。）

【そうだ】據説，聽説

➡ ［N/Na　だそうだ］　［A/V　そうだ］

・一日の中で一番判断力が衰えるのは、午後六時だそうだ。
・張さんは、いろいろなことがあったが、今は幸せだそうだ。
・一円玉の原価は一円より高いそうだ。
・ナポレオンは一日二時間しか寝なかったそうだ。

報導中的句子

ペットと触れ合うと、脳から「オキシトシン」の分泌が増えて心を落ち着かせるそ
うだ。（據説，與寵物的接觸，會讓腦部增加分泌雌激素，使得情緒更穩定。）

【との】〈伝聞〉（具有直接引用的語感）

➡ ［・・・とのことだ］　［・・・との N］

・気象庁の長期予報によると、今年は台風が少ないとのことだ。
・「ローマ郊外で大地震」とのニュース速報を見て、すぐにイタリア旅行中の娘に
　電話をかけた。

これは俗に「幸せホルモン」と呼ばれ、ドイツでは年7500億円、豪州で300億円の医療費を削減する効果があったとの報告もある。

（這就是一般俗稱的幸福賀爾蒙，有報告指出，醫療費可以因此而得到節約的效果，每年在德國有7500億日幣，澳洲則是300億日幣。）

【そこで】〈理由〉因此

- 大雨が降ってグラウンドが使えなかった。そこで、今日は屋内で筋トレだけすることにした。
- 試験的に10個だけ作って売ったら、あっという間に完売した。そこで、今度は100個作ってみた。

そこで、ペットフード協会は、飼い主1万人を対象とした初の聞き取り調査に乗り出す。（因此，寵物食品協會，針對飼主1萬人進行了首次的訪談調查。）

【…だろう】〈推量〉…吧

➡ ［N/Na　だろう］　［A/V　だろう］

- 明日の天気は晴れだろう。
- 体の調子がいいので、明日からの旅行でも元気だろう。
- こんなに立派な息子がいて、両親も鼻が高いだろう。
- 台湾に台風が接近しているので、明日は学校が休みになるだろう。

協会の調査は、社会保険費を少しでも削りたい政府にも大いに参考になるだろう。

（協會的調查對於想減少社會保險費用支出的政府，也是非常具有參考性的。）

【かもしれない】或許

➡ ［N/Na/A/V かもしれない］

- あそこにいたのは、鈴木さんではなくて、加藤さんかもしれない。

- このバッグは、台湾で買った方が安いかもしれない。
- 砂浜からあまり離れていなくても、この辺の海はとても深いかもしれない。
- 何かラベルを貼らないと、誰かがジュースと間違えて飲むかもしれない。

報導中的句子

自動車保険で無事故の運転者の保険料を安くしているのと同様に、ペットの飼主の保険料を割安にする保険会社が出てくるかもしれない。（就如同汽車保險會對無肇事紀錄的投保者減免保費一般，或許也會開始有保險公司提出，可以便宜計算有飼養寵物的飼主保費。）

【せい】…的過錯，…導致的

➡ [N のせい] [Na なせい] [A/V せい]

- 悪いことを何でも他の人のせいにするのは良くない。
- 佐藤さんが優柔不断なせいで、旅行の予定が決まらない。
- 住んでいるマンションが学校に近いせいで、いつも友達が遊びに来るので、勉強に集中できない。
- 鈴木さんが不用意に動いたせいで、花瓶が落ちて割れてしまった。

報導中的句子

それでもペットの効用に期待してしまうのは、人同士の触れ合いが減っているせいだろうか。（即使如此，還是期待寵物所帶來的效果，難道不是因為人們彼此之間的接觸變少的關係嗎？）

發生了什麼事？（人、事、時、地、物）

我們來看看表單上的問題
①ペットを飼う人は、どうして病院に通う回数が少ないのでしょうか。
　　（有飼養寵物的人，為什麼去醫院的次數會比較少呢？）

②ペットの犬と猫の数が、人間の子供より多い日本。ペットを飼いたいと思う人がこんなに多いのは、どうしてだと思いますか。

（在日本，寵物狗或是貓的數量比小孩子還多。你覺得爲什麼會有這麼多人想養寵物呢？）

_____

_____

_____

延伸思考

➡ 如果你有寵物，你覺得寵物可以帶給你幸福感嗎？用日文說說自己或是他人有寵物的生活小趣事吧！

➡ 本文當中已經介紹了飼養寵物的好處，但是飼養寵物其實也是甜蜜的負擔。來了解一下有甚麼樣的花費吧！（查詢關鍵字：ペット保険）

➡ 台灣也有寵物險，比較一下台日的異同吧！

➡ 平均一年你會花費多少在寵物身上呢？你會購買寵物險嗎？爲什麼？

2-3

「妊婦マーク」知ってる？

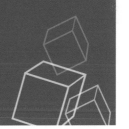

読売ワークシート通信　道徳「妊婦マーク知ってる？」

年　組（　　）名前　　　　　　　　サイン

（2014年9月14日　読売新聞朝刊）

「妊婦マーク」知ってる？

男性は3割どまり

内閣府が13日に発表した「母子保健に関する世論調査」によると、妊婦であることを周囲に知らせる「マタニティマーク」＝イラスト＝を知っている男性は3割にとどまっていることが分かった。小児救急の電話相談を受け付ける全国共通の短縮番号「＃8000」を知っている人も1割しかいなかった。

公共交通機関などで妊婦への配慮を促すため、厚生労働省が2006年に作成したマークを知っている人は、全体でも45・6％。女性は57・6％、男性は31・2％だった。短縮番号を知っている人は10・2％で、男性に限るとわずか4・6％だった。年代別では、最も高い30代でも26・1％にとどまった。

不妊治療で公費助成が受けられると知っている人は35・0％。虐待を受けた疑いがある子供を見つけた場合、児童相談所などに通告する義務があることについて、知っている人は61・7％だった。

調査は今年7月、全国の20歳以上の男女3000人を対象に初めて行った。有効回収数は1868人（回収率62・3％）だった。

お腹（なか）に赤ちゃんがいる妊婦（にんぷ）さんだということを、周りの人に知らせる「妊婦マーク」を知っていますか？　調査（ちょうさ）では、男の人は3割（わり）しかマークを知りませんでした。

①どうして周りの人に「私は妊婦です」と知らせた方がいいのでしょうか？　ヒントを参考に理由を書きましょう。

ヒント：満員電車、荷物、階段（だん）、タバコ

②妊婦さん以外にも、周りの人の理解（かい）や手助けが必要な人はたくさんいます。「〇〇マーク」を考え、図にしましょう。

マーク

③あなたが考えた「〇〇マーク」を身につけている人には、どんなことに注意したり、手助けをしてあげたりすればいいと思いますか？

©The Yomiuri Shimbun

読売新聞から　教育関連情報は「読売教育ネットワーク」で　http://kyoiku.yomiuri.co.jp

「読売新聞　2014年9月17日付」

世論、世論（よろん、せろん）	輿論	義務（ぎむ）	義務
妊婦（にんぷ）	孕婦	男女（だんじょ）	男男女女
周囲（しゅうい）	周圍	短縮番号（たんしゅくばんごう）	直撥號
配慮（はいりょ）	顧慮到	（に）通告する（つうこく）（正式）	通知，通告
（に）知らせる（し）	通知	（を）対象に（たいしょう）	以…爲對象
公費助成（こうひじょせい）	公費補助	促す（うなが）	催促，敦促
受け付ける（う）（つ）	接受	（に）とどまる	僅止於

▶ 要注意寫法的漢字

内　関　児　急　労　虐　収

【によると】根據，依據

➡ ［Nによると］　［Vところによると］

・最近の調査によると、CDやダウンロード販売だけではなく、レコード盤を買って音楽を聴く人が増えているという。

・地元の人から聞いたところによると、この川は大雨が降ると中州が水没するので、キャンプは危険だそうだ。

報導中的句子

内閣府が13日に発表した「母子保健に関する世論調査」によると、妊婦であることを周囲に知らせる「マタニティマーク」を知っている男性は3割にとどまっていることが分かった。（根據内閣府在13日所發表的「母子保健輿論調查」，知道代表告知周圍的人自己是孕婦的「媽媽標章」的男性僅限於三成。）

【でも】即使

➡ [N でも]

・この小説を最初から最後まで全部読んだ人は、世界でも十人ほどだろう。

報導中的句子

公共交通機関などで妊婦への配慮を促すため、厚生労働省が 2006 年に作成したマークを知っている人は、全体でも 45.6％。女性は 57.6％、男性は 31.2％だった。
（爲了督促大家在公共交通機關當中對於孕婦多體諒，厚生勞動省於 2006 年製作了這個標章。但是知道的人在整體當中也僅佔 45.6％，女性是 57.6％，男性則僅有 31.2％。）

【わずか】僅只有

・この国では、わずか 1％の富裕層が、資産の 95％を持っているという。

報導中的句子

短縮番号を知っている人は 10.2％で、男性に限るとわずか 4.6％だった。
（知道快速撥號號碼的人有 10.2％，如果只看男性的話則僅只有 4.6％。）

發生了什麼事？（人、事、時、地、物）

我們來看看表單上的問題
① どうして周りの人に「私は妊婦です」と知らせた方がいいのでしょうか？ヒントを参考に理由を書きましょう。ヒント：満員電車、荷物、階段、タバコ
（爲什麼知會周圍的人「我是孕婦」比較好呢？請參考提示，寫出理由。提示：擠滿人的電車、行李、樓梯、香菸。）

_____

_____

_____

_____

②妊婦さん以外にも、周りの人の理解や手助けが必要な人はたくさんいます。「○○マーク」を考え、図にしましょう。

（除了孕婦，需要周圍的人的理解與幫助的人也很多，請參考「○○標章」，畫出來看看。）

_____

_____

_____

_____

延伸思考

➡孕婦或是帶著小孩的媽媽們出門一趟都是很辛苦的，日本也有相關的討論，查詢有甚麼新聞吧！（查詢關鍵字：ベビーカー・電車<ruby>電車<rt>でんしゃ</rt></ruby>）

➡台灣也有類似的措施，你知道如何取得以及使用嗎？請先查詢日本的做法後，再查詢台灣的狀況，並嘗試用日文說明看看。

➡社會上應該給（準）媽媽們甚麼樣的協助呢？想想社會支持與少子化的關聯性。

PART3

閱讀長一點的報導，並且嘗試將簡介翻譯成中文

學習目標

文章沒有標音，預測漢字讀音，並且查詢和確認正確讀音、句型，能夠以日文回答課本問題以及用日文簡單介紹本文內容。

我們建議的學習步驟

1. 快速地閱覽過報導。（預測漢字的讀音並迅速地閱讀）
2. 依照書中所提示的讀音，查詢並確認單字的意思。
3. 依照書中所提示的句型用法，確認例句的意思，並進一步確認本文句意。
4. 再度閱讀報導內容。
5. 嘗試以日文回答課本的問題。
6. 比較自己的回答與參考答案的異同。
7. 將表單中日文簡介的句子翻成中文（表單中有反黑的地方）。

3-1

理科

バナナの皮
やっぱり滑る

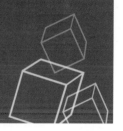

バナナの皮でイグ・ノーベル賞

（2014年9月19日　読売新聞夕刊より）

イグ・ノーベル賞の授賞式で、ゴジラがバナナの皮を踏んで足を滑らせる絵を使って説明し、爆笑を誘った北里大の馬渕清資教授（18日、米ハーバード大で）＝中島達雄撮影

北里大・馬渕教授　「やっぱり滑る」証明

【ケンブリッジ（米マサチューセッツ州）＝中島達雄】ユーモアあふれる研究に贈られる米国の「イグ・ノーベル賞」の授賞式が18日、米ハーバード大で開かれた。24回目となる今年は、バナナの皮を踏んだ時の滑りやすさを研究した、北里大医療衛生学部の馬渕清資教授（63）らが物理学賞を受賞した。日本人の受賞は20組目で、2007年から8年連続。

馬渕教授らのグループは、ふだん研究する人工関節の性能向上に、バナナの皮の滑りやすい仕組みを応用できないかと考えた。バナナの皮の内側を下にして床に置き、靴で踏む実験を100回以上繰り返した結果、皮がない時に比べ、6倍滑りやすくなることがわかったという。皮の外側を下にした場合は3倍だった。

滑りやすい理由は、バナナの皮に含まれる糖分と水分が染み出し、潤滑油のような役割を果たすためだという。馬渕教授は授賞式で、怪獣のゴジラがバナナの皮を踏んで転ぶ絵を掲げて、「バナナの皮の滑りやすさは、私たちの関節の滑りやすさとよく似ています」と内容を説明し、会場の爆笑を誘った。

バナナの皮ですってんころりん――。漫画やアニメでよく見るシーンを、日本人研究者が科学的に実証し、ユーモアあふれる研究を表彰する米国の賞「イグ・ノーベル賞」を受賞しました。

①バナナの皮を実際に踏む実験を、何回行ったでしょうか。　＿＿＿＿＿＿回以上

②実験の結果、バナナの皮によってどれくらい滑りやすくなることがわかったでしょうか。

バナナの皮がないときの　＿＿＿　倍滑りやすくなる

③バナナの皮を踏むと滑りやすいのは、なぜでしょうか。

バナナの皮に含まれる　＿＿＿＿＿＿　と　＿＿＿＿＿＿　が

＿＿＿＿＿＿＿＿　のような役割を果たすから

④あなたも、研究したらおもしろそうだと思うテーマを何か一つ考えてみましょう。

＿＿＿＿＿＿＿＿＿＿＿＿＿＿＿＿＿＿＿＿＿＿＿＿＿＿＿＿＿＿＿＿＿＿＿＿

読売新聞から　教育関連情報は「読売教育ネットワーク」で　http://kyoiku.yomiuri.co.jp

「読売新聞　2014年9月24日付」

ユーモア	幽默	水分（すいぶん）	水分
授賞式（じゅしょうしき）	頒獎典禮	役割（やくわり）	職務，角色
滑る（すべる）	滑（倒）	潤滑油（じゅんかつゆ）	潤滑油
踏む（ふむ）	踏，踩	役割を果たす（やくわりはたす）	達成職務（任務、角色）
受賞する（じゅしょう）	領獎	怪獣（かいじゅう）	怪獸
連続（れんぞく）	連續	掲げる（かかげる）	揭示，拿出
人工関節（じんこうかんせつ）	人工關節	会場（かいじょう）	會場
応用（おうよう）	應用	表彰する（ひょうしょう）	表揚
内側（うちがわ）	內側	実証する（じっしょう）	實證
床（ゆか）	地板	繰り返す（くかえす）	反覆
外側（そとがわ）	外側	爆笑を誘う（ばくしょうさそう）	引起哄堂大笑

▶ 要注意寫法的漢字

渕　贈　繰　怪獣

句型

【・・・ないか】〈控えめな主張〉（否定表現，肯定語意。中文對譯需視句子做變化）

➡ ［N/Na（なの）ではないか］　［A-くないか］　［V-ないか］

・この記事を読んで、山本容疑者は、実は被害者ではないかと思った。
・そのような態度は、少し傲慢ではないか。
・この設備でこの値段は、高くないか。
・こんな強力な武器で抵抗したら、過剰防衛にならないか。

馬渕教授らのグループは、普段研究する人工関節の性能向上に、バナナの皮の滑りやすい仕組みを応用できないかと考えた。（馬淵教授的研究團隊，認為或許可以將香蕉皮很滑的結構，應用在平常研究的人工關節性能提升上。）

發生了什麼事？（人、事、時、地、物）

我們來看看表單上的問題

①バナナの皮を実際に踏む実験を何回行ったでしょうか。

（總共進行了幾次實際踩香蕉皮的實驗呢？）

_____

_____

_____

_____

②実験の結果、バナナの皮によってどれくらい滑りやすくなることが分かったでしょうか。

（根據實驗的結果，香蕉皮會有多滑呢？）

_____

_____

_____

將介紹這篇報導的日文句子翻成中文

バナナの皮ですってんころりん──。漫画やアニメでよく見るシーンを、日本人研究者が科学的に実証し、ユーモアあふれる研究を表彰する米国の賞「イグ・ノーベル賞」を受賞した。（參考答案請見附錄3）

_____

_____

_____

_____

延伸思考

➡ 這個有趣的獎，應該很多人都沒有聽過吧！上網查一查這個獎的緣由。

➡ 有多少日本人領過這個獎呢？他們又是以甚麼樣的研究得獎的。維基百科中有介紹喔。

➡ 嘗試將日本人受獎的研究名稱以中文介紹看看。

➡ 台灣也有登上得獎名單過，查查看是甚麼樣的得獎名義呢？

3-2

「自分」より「人の役に」

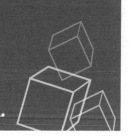

年　組（　　）名前　　　　　　　　　　　　　　サイン

「自分」より「人の役に」

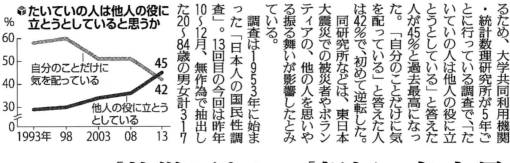

♦たいていの人は他人の役に立とうとしていると思うか

- 自分のことだけに気を配っている　45
- 他人の役に立とうとしている　42

1993年　98　2003　08　13

日本人「礼儀正しい」「親切」急上昇

「国民性調査」初めて逆転

日本人の考え方などを探るため、大学共同利用機関・統計数理研究所が5年ごとに行っている調査で、「たいていの人は他人の役に立とうとしている」と答えた人が45％と過去最高になった。「自分のことだけに気を配っている」と答えた人は42％で、初めて逆転した。

同研究所などは、東日本大震災での被災者やボランティアの、他の人を思いやる振る舞いが影響したとみている。

調査は1953年に始まった「日本人の国民性調査」。13回目の今回は昨年10〜12月、無作為で抽出した20〜84歳の男女計3176人に面接して聞いた。

日本人の長所を尋ねた質問（複数回答）では、「礼儀正しい」が77％、「親切」が71％でいずれも過去最高だった。「礼儀正しい」は58年から2003年にかけては37〜50％の間で推移していたが、前回08年調査で60％となり、今回は17ポイント増えた。「親切」は前々回03年が41％、前回が52％で、今回19ポイント上昇した。

「まじめに努力していれば、いつかは必ず報われると思う」は全体の72％で、「いくら努力しても、全く報われないことが多いと思う」の26％を大幅に上回った。ただ、20〜30歳代の男性では「報われない」が37％と多かった。

「人は人の役に立とうとしている」と考える日本人が増えていることが、研究機関の調べでわかりました。

（2014年10月31日　読売新聞朝刊より）

①あなたは人の役に立とうと思いますか。

思う・思わない

【理由】

②「人の役に立とうとしている」と考える日本人が増えている理由を、本文から書き出しましょう。

_____

_____

③記事を読んで、あなたの感じたことや考えたことを書きましょう。

_____

_____

_____

読売新聞から　教育関連情報は「読売教育ネットワーク」で　http://kyoiku.yomiuri.co.jp

「読売新聞　2014年11月5日付」

考え方 _{かんが かた}	想法	（に）かけて	（時間、地點）到
探る _{さぐ}	探索，打探	推移する _{すい い}	推移（增減）
たいてい	大多，大概	前回 _{ぜんかい}	上次
逆転 _{ぎゃくてん}	逆轉	今回 _{こんかい}	這次
役に立つ _{やく た}	有幫助（貢獻）	前々回 _{ぜんぜんかい}	上上次
被災者 _{ひ さんしゃ}	受災者	いつかは	總有一天
ボランティア	志工	必ず _{かなら}	一定（做…）
（に）気を配る _{き くば}	顧慮，注意到	全体 _{ぜんたい}	整體
影響 _{えいきょう}	影響	大幅 _{おおはば}	大幅度地
（に）面接する _{めんせつ}	面試	振る舞い _{ふ ま}	行
長所 _{ちょうしょ}	長處	無作為 _{むさくい}	隨機
尋ねる _{たず}	尋問，拜訪	抽出する _{ちゅうしゅつ}	抽取出
質問 _{しつもん}	提問，問題	（を）思いやる _{おも}	體貼，體諒
礼儀 _{れい ぎ}	禮儀，禮貌	他人 _{た にん}	他人

▶ 要注意寫法的漢字

響　礼

句型

【N を…みる】認為是…（語意上比起單純的想法更具有證據時使用）

➡ ［N を A-く みる］　［N が V-る とみる］

・子供向けのスポーツということで甘くみると、大きな怪我をするかもしれない。
・火山調査委員会は、この山が一週間以内に噴火するとみている。

同研究所などは、東日本大震災での被災者やボランティアの、他の人を思いやる振る舞いが影響したとみている。（研究所認爲是，因爲東北大地震的受災者與志工們那種爲了他人著想的舉止所造成的影響。）

【・・・とする】〈試み〉嘗試去做…，想做…（中文有時無法完全對譯）

➡ [V- ようとする]

・彼に直接言うのが恥ずかしいので、表情や振る舞いで、好きだということを伝えようとした。

たいていの人は他人の役に立とうとしている。（大部分的人都想爲他人盡份力量。）

發生了什麼事？（人、事、時、地、物）

我們來看看表單上的問題

① あなたは人の役に立とうと思いますか。

（你有想爲他人做些事嗎？）

_____

_____

② 「人の役に立とうとしている」と考える日本人が増えている理由を、本文から書き出しましょう。

（從報導當中將「想爲他人盡力」的日本人增加的理由寫出來。）

_____

_____

_____

將介紹這篇報導的日文句子翻成中文

「人は人の役に立とうとしている」と考える日本人が増えていることが、研究機関の調べでわかりました。（參考答案請見附錄3）

_____

_____

_____

_____

_____

延伸思考

➡ 「情けは人のためならず」這句話的日文意思變化非常有趣，上網查詢看看。

➡ 「我為人人，人人為我」的中文與報導當中所講的意思有差異嗎？是哪些地方不同呢？

➡ 報導當中提到的「３１１東北大地震」，讓日本人在人際關係上有甚麼樣新的想法？（查詢關鍵字：絆）

3-3

「垣間見る」昔の男の苦労

　教室ではいつも悪ふざけばかりしている同級生が、電車の中でお年寄りに席を譲っていた――。よく知っている人の意外な面を垣間見ること、ありますよね。さて、その「垣間見る」という言葉、どんな特徴があるのでしょう。

①「垣間見る」という言葉は、どのようにできたのでしょう。

_____

_____

_____

_____

②「垣間見る」には現在、どのような意味がありますか。記事の中から2つ抜き出しましょう。

1. _____

2. _____

③「垣間見る」を使って文を作りましょう。

_____

_____

_____

_____

④あなたが、家族や友人など身近な人の意外な側面を垣間見たのは、どんな時ですか。また、あなたはその時どう思いましたか。

_____

_____

_____

_____

なぜなに日本語 204

「垣間見る」昔の男の苦労

イラスト・大高尚子

　結婚する人が減っている原因のひとつに、男女が出会う機会が少なくなっていることがあるそうです。でも、平安時代はもっと大変でした。身分の高い女の人は気軽に外出することもできません。男の人はすだれ越しや、垣間（垣根などのすきま）からちらっと見て、心をときめかせるのが精いっぱいでした。

　「垣間」＋「見る」が、発音しやすく「垣間見る」に変化して、こっそりとのぞき見することを表すようになりました。『竹取物語』には、絶世の美人とうわさされるかぐや姫を垣間見ようと、夜中に出かけていく男たちが登場します。

　「垣根の間から女の人を見る」の意味が広がり、今では「カーテンの間から犯人の姿を垣間見る」など、いろいろな場面で「ちらりと見る」ことを表すのに使われています。

　また、新聞には「作風世界の秘密を垣間見る」「自然の厳しさを垣間見た」といった使い方もよく出てきます。「物事の一部分を知る、一端に触れる」の意味です。

　ところで、「ないしょ話を垣間聞いた」のように使うことがあります。でも、「垣間見る」のそもそもの成り立ちからすれば、「聞く」というのはちょっと変な感じがしませんか。

（関根健一）

（2014年6月11日読売新聞朝刊）

出会う	遇到彼此	かぐや姫	竹取公主
外出する	外出	夜中	半夜
垣根	圍牆	登場する	登場
すきま	縫隙	作風	作品的風格
すだれ越し	透過簾縫看	自然	自然
ちらっと（ちらりと）	看一眼	厳しさ	嚴苛，嚴酷
精いっぱい	竭盡全力	一端	（事物的）一部分
発音する	發音	ないしょ話	小秘密
こっそり	偷偷地	そもそも	一開始，最初
絶世	絕代，絕世	ときめく	雀躍
美人	美女	成り立ち	成立
うわさ	傳聞	物語	故事

▶ **要注意寫法的漢字**

> 軽　垣　姫　讓

句型

【・・・よう】〈意志〉想…

➡ ［V- よう］

- 今日は自由行動の日なので、目的を決めないで街をぶらぶらしよう。
- 今はどこも混んでいるので、三十分後に食事に行こうと思う。

「竹取物語」には、絶世の美人とうわさされるかぐや姫を垣間見ようと、夜中に出かけていく男たちが登場します。（在竹取物語中，為了瞄一眼傳聞中的絶世美女竹取公主，半夜跑出門的男士們也出現了。）

【といった】所謂的，如…的

➡ [N、N といった N]

・「西側」とは、西欧を中心とした資本主義国のことである。冷戦期の用語だが、今でもアメリカ、イギリス、フランスといった国々をまとめて言うときに使われる。

また、新聞には「作風世界の秘密を垣間見る」「自然の厳しさを垣間見た」といった使い方もよく出てきます。（另外，在報紙中，也常看到「瞥見作品風格的秘密」「一瞥自然的嚴峻」等等的用法。）

【…ように】〈例示〉像…樣子的

➡ [N のように]　[A/V ように]

・日本語では、「水＋鳥→水鳥」「株式＋会社→株式会社」のように、複合語後半の最初が濁音になる現象がある。

ところで、「ないしょ話を垣間聞いた」のように使うことがあります。
（此外，也有看過「一瞥秘話」的用法。）

發生了什麼事？（人、事、時、地、物）

我們來看看表單上的問題
① 「垣間見る」という言葉は、どのようにできたのでしょう。
   （「垣間見る」的語源是？）

_____

_____

_____

② 「垣間見る」には現在、どのような意味がありますか。記事の中から二つ抜き出し
ましょう。（「垣間見る」現在有哪些意思？從報導當中選兩個寫出來。）

_____

_____

_____

將介紹這篇報導的日文句子翻成中文

教室ではいつも悪ふざけばかりしている同級生が、電車の中でお年寄りに席を譲っ
ていた——。よく知っている人の意外な面を垣間見ること、ありますよね。さて、
その「垣間見る」という言葉、どんな特徴があるのでしょう。（參考答案請見附錄3）

_____

_____

_____

延伸思考

➡ 「拘る」「役不足」也有使用上的變化，查詢看看語意的時代變化吧！

➡ 中文也有類似的例子嗎？請舉例，並嘗試用日文解釋其用法與變化。

3-4

社会

3Dプリンター
悪用許すな

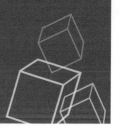

3Dプリンター 悪用許すな

便利さの裏「犯罪革命」

3Dプリンターで製造されたとみられる樹脂製拳銃

銃やスキミング装置

3Dプリンター■で製造されたとみられる樹脂製拳銃の所持事件は、社会に大きな衝撃をもたらした。「21世紀の産業革命」を起こすと言われる画期的な技術の普及は、「犯罪革命」をも引き起こしかねない。装置が持つ可能性を生かしつつ、悪用を防ぐための議論が必要だ。

（横浜支局　坂本幸信、竹内駿平）

神奈川県警は4月12日、銃刀法違反容疑で元大学職員の居村佳知被告（28）の自宅を捜索。押収した樹脂製銃5丁のうち2丁が「殺傷力あり」と鑑定された。殺傷力は基準値の5倍。弾は10枚以上のベニヤ板を貫通した。「あんなオモチャが……」。捜査員は絶句した。

捜査関係者によると、居村被告が静岡県の販売仲介業者から3Dプリンターを購入したのは昨年9月。米国製の組み立て式で6万円程度。1か月後、ネット上で入手した設計図を使い、銃を完成させていた。樹脂製銃は金属探知機で検知されず、犯罪に使っても焼却すれば、証拠は消える。犯罪捜査の常識を覆す「使い捨て銃」だ。

3Dプリンター悪用の脅威は銃器にとどまらない。豪州では昨夏、3Dプリントのスキミング装置をATM（現金自動預け払い機）に仕掛け、読み取った情報で10万ドルを詐取した東欧系の組織が摘発された。情報管理に詳しいトレンドマイクロ社（東京）によると、こうしたスキミング装置は中国で量産され、ロシアの闇サイトで20万円前後で販売されていたという。

■3Dプリンター　3次元データを基に、樹脂などの層を積み重ねるなどして立体を作製する。開発・実用化は1980年代で、主要特許が切れたことなどから低価格化と普及が進む。使える材料もチタンや鉄など約100種類に増え、様々な分野で需要が高まる。数億円の高性能機種から10万円以下の家庭向けまで幅広い。

> 3Dプリンターで自作した拳銃を所持していた男が逮捕され、社会に動揺が広がっています。日本では3Dプリンターのいい面ばかりが強調され、マイナス影響についてはきちんと議論されてきませんでした。家電製品として出回り始めている現在、議論を進める必要があるのではないでしょうか。

（2014年6月3日　読売新聞朝刊）

＊解答は全て裏面に書きましょう。

①被告が3Dプリンターで作った拳銃の特徴を書き出しましょう。

②銃以外に3Dプリンターを悪用した例を書き出しましょう。

③「21世紀の産業革命」と「犯罪革命」とはどういうことを意味しているのでしょうか。

④3Dプリンターの悪用を防ぐためにはどうしたらいいか、あなたの考えを書きましょう。

読売新聞 から　　教育関連情報は「読売教育ネットワーク」で　http://kyoiku.yomiuri.co.jp

「読売新聞　2014年6月25日付」

重點單字

３Ｄプリンター	3D 列印機	購入する	購得
製造	製造	組み立て	組合
樹脂	塑膠	入手する	到手
拳銃	手槍	設計図	設計圖
所持	擁有，持有	金属探知機	金屬探測器
事件	事件	検知する	檢測出
衝撃	衝撃	焼却	燒掉
世紀	世紀	証拠	證據
画期的	劃時代的	捜査	搜查
技術	技術	常識	嘗試
普及	普及	（を）覆す	顛覆
装置	裝置	使い捨て	用完即丟的
悪用	濫用	脅威	威脅
議論	議論	現金自動預け払い機	自動取款機
県警	縣警	昨夏	去年夏天
銃刀法	「銃砲刀剣類所持等取締法」的簡稱	仕掛け	裝設上
		詐取する	詐取
容疑	嫌疑	東欧系	東歐裔
被告	被告	摘発	告發
自宅	住家	量産	量產
捜索	搜索	闇サイト	地下網站
押収する	扣押	貫通	貫穿
殺傷力	殺傷力	特許	專利

丁 ちょう	（槍的量詞）把	幅広い はばひろ	廣泛
鑑定 かんてい	鑑定	次元 じ げん	次元
弾 たま	子彈	立体 りったい	立體
ベニヤ板 いた	三合板	動揺 どうよう	波動，動搖
おもちゃ	玩具	自作 じ さく	自己製作的
絶句する ぜっく	張口結舌	意味する い み	意味著…
販売 はんばい	販賣	防ぐ ふせ	防止
仲介 ちゅうかい	仲介		

▶ **要注意寫法的漢字**

装　銃　拳　製　撃　捜　弾　査　属　検　却　拠　捨　払
発　闇　鉄　静　器　揺

句型

【Nを…みる】認為

➡ ［NをA-くみる］　［NがV-るとみる］

・李さんはまだ一年生だが、とても足が速い。あの人を甘く見ると、あっという間に負けるだろう。

・警察は、昨日から連絡がつかないAさんの友人が事情を知っているとみて、行方を追っている。

報導中的句子

3Dプリンターで製造されたとみられる樹脂製拳銃の所持事件は、社会に大きな衝撃をもたらした。（這起持有3D列印機所製造的塑膠手槍事件，對社會帶來很大的衝擊。）

【かねない】或許會…

➡ [R-かねない]

- 今の経営方針では、会社が倒産しかねない。
- 鈴木さんは失恋してとても沈んでいるので、このままでは何か取り返しのつかないことをしかねない。

報導中的句子

「21世紀の産業革命」を起こすと言われる画期的な技術の普及は、「犯罪革命」をも引き起こしかねない。（這項被認爲會帶起「21世紀的產業革命」的劃時代的技術，或許將引起「犯罪革命」也不一定。）

【にとどまらず（ない）】不僅止於…

➡ [Nにとどまらず]

- 現在はグローバル化の時代なので、日本の株安の影響は国内にとどまらず、あっという間に世界に広がる。

報導中的句子

3Dプリンター悪用の脅威は銃器にとどまらない。（3D列印機的濫用威脅不僅止於手槍。）

【を基に】以…為（基本，根本），根據…

➡ [Nを基に（して）]

- 委員会では今回の調査結果を基にして、今年中に少子化対策を提言する。

報導中的句子

3次元データを基に、樹脂などの層を積み重ねるなどして立体を作成する。（以3次元的資料爲基礎，利用塑料層層堆疊製成立體的。）

我們來看看表單上的問題

① 被告が 3D プリンターで作った拳銃の特徴を書き出しましょう。

（將被告利用 3D 列印機所製造的手槍特徵寫出來。）

_____

_____

_____

② 銃以外に 3D プリンターを悪用した例を書き出しましょう。

（除了手槍之外，3D 列印機還有哪些被濫用的例子？）

_____

_____

_____

③ 「21 世紀の産業革命」と「犯罪革命」とはどういうことを意味しているのでしょうか。

（「21 世紀的產業革命」與「犯罪革命」代表甚麼樣的意思？）

_____

_____

_____

將介紹這篇報導的日文句子翻成中文

3D プリンターで自作した拳銃を所持していた男が逮捕され、社会に動揺が広がっています。日本では 3D プリンターのいい面ばかりが強調され、マイナス影響についてはきちんと議論されてきませんでした。家電製品として出回り始めている現在、議論を進める必要があるのではないでしょうか。（參考答案請見附錄 3）

_____

_____

_____

_____

延伸思考

➡ 查詢市面上已經在販售的 3D 列印機，有多少不同的機種？價格和功能的差異爲何？

➡ 日本市面上又有多少種類的 3D 列印機？跟台灣有差異嗎？家庭用與營業用的差別是？

➡ 除了用品之外，3D 列印機還可以製作出甚麼產品？（查詢關鍵字：３ Ｄ プリンター・薬剤）

➡ 你願意使用 3D 列印機所製作的產品嗎？爲什麼？

3-5

増やしたい
オープンカフェ

年　　組（　　）名前　　　　　　　　サイン

増やしたいオープンカフェ

▲路上に設置されたオープンカフェ（新宿区で）

■常設で活気

新宿駅東口に近い「新宿モア4番街」。全長約100㍍の通りの一角に、幅約1・5㍍の赤じゅうたんが敷かれ、赤いパラソルを付けたテーブル約10基が並ぶ。毎日午後、通りは車の通行が規制され、路上の席についた買い物客らがコーヒーを飲むなどしてくつろぐ。

通りには以前、放置自転車や違法駐車の車があふれていた。地元の「新宿駅前商店街振興組合」は1986年から5億円をかけて御影石の石畳を敷いたが、有効な対策にはならなかった。窮余の策として浮上したのがオープンカフェ。2005年10月からの試験実施には新宿区などが協力。カフェの経営は、全国展開するクレープ店に委託した。効果はすぐに表れ、放置自転車も違法駐車も消えた。同組合の浜中治男事務局長は「行き交う客は約3割増え、街に活気が出た。売り上げで防犯カメラや花壇の管理もできる」と喜ぶ。

■手続き煩雑

この成功を踏まえ、国土交通省は11年10月に都市再生特別措置法を改正。通りのにぎわい作りに役立つと警察や自治体が判断すれば、公道上にオープンカフェを設けることが可能になった。

だが法改正に伴って設置されたオープンカフェは、都内では、12年11月に改めて開店した「モア4番街」のみ。全国でも、ほかに群馬県高崎市と大阪市、札幌市の3か所にあるだけだ。広がりを欠く原因の一つは認可手続きの煩わしさ。

特措法では、市区町村が定める「都市再生整備計画」にカフェの希望設置場所を記す必要があり、そのためには地元の同意や市区町村の協議会の同意、都道府県の了解も必要だ。さらに道路の使用許可は警察、飲食店の営業許可は保健所からと、窓口は複数にわたる。

（2014年6月3日読売新聞夕刊）

> 屋外にテーブルを並べた「オープンカフェ」。3年前に法律が改正され、公道上への設置が可能になりました。しかし、東京都内では、新宿駅近くの商店街の組合が設置したものがあるのみ。なかなか広がらないようです。

①新宿の商店街組合は、なぜ公道上にオープンカフェを設置したのですか。

_____

_____

②なぜ、オープンカフェを設置することで、①を実現する効果があったのだと思いますか。

_____

_____

③公道上のオープンカフェが広がらない理由は何ですか。

_____

_____

_____ので、手続きがわずらわしいから。

©The Yomiuri Shimbun

「読売新聞　2014年6月11日付」

～口（東口） くち ひがしぐち	出口（東出口）	売り上げ う あ	營業額
商店街 しょうてんがい	商店街	防犯カメラ ぼうはん	監視器
常設 じょうせつ	常設	花壇 か だん	花壇
活気 かっき	活力	煩雑 はんざつ	繁瑣
増やす（vs. 増える） ふ ふ	增加	改正 かいせい	修正（法律、校規等）
通り とお	道路	手続き て つづ	手續
地元 じ もと	當地	公道 こうどう	公有道路
一角 いっかく	某個角落	設ける もう	設置
全長 ぜんちょう	全長	都内 と ない	東京都內
じゅうたん	地毯	欠く か	欠缺
パラソル	遮陽用大涼傘	認可 にん か	承認，認可
テーブル	桌子	煩わしい わずら	麻煩，繁瑣
～基 き	…座	特措法 とくそほう	特別條例
並ぶ なら	並列，排列	市区町村（日本行政區劃分） し く ちょうそん	市區町村
規制する き せい	管制	再生 さいせい	重生
路上 ろ じょう	道路上	整備 せい び	整備，整建
くつろぐ	放鬆，休息	計画 けいかく	計劃
放置自転車 ほう ち じ てんしゃ	任意放置的腳踏車	都道府県（日本行政區劃分） と どう ふ けん	都道府縣
違法駐車 い ほうちゅうしゃ	違停	了解 りょうかい	了解
振興 しんこう	振興	許可 きょ か	許可
組合 くみあい	工會	窓口 まどぐち	（對應的）窗口
石畳 いしだたみ	石板	複数 ふくすう	多數，複數
窮余の策 きゅうよ さく	最後的手段	飲食店 いんしょくてん	餐飲店

浮上する	浮現	保健所	保健所，衛生所
協力	合作，協力	喜ぶ	高興，開心
委託する	委託	屋外	室外，露天
行き交う、行き交う	來來往往		

▶要注意寫法的漢字

畳 壇 喜 雑 窓 断

句型

【を踏まえ】以…為前提或是基礎，在此之上執行相關的想法、措施或是行動中文有時無法完全對譯，須配合句子用語翻譯。

➡ [N を踏まえ（て）V]

・社長は今朝、昨日の記者会見の内容を踏まえて、正式に辞任を発表した。

報導中的句子

この成功を踏まえ、国土交通省は 11 年 10 月に都市再生特別措置法を改正。
（有鑑於這個例子的成功，國土交通省於 2011 年 10 月更改了都市再生特別措置法。）

發生了什麼事？（人、事、時、地、物）

我們來看看表單上的問題

① 新宿の商店街組合は、なぜ公道上にオープンカフェを設置したのですか。
　　（新宿的商店街公會，為何要在公用道路上設置露天咖啡座呢？）

_____

_____

_____

_____

②なぜ、オープンカフェを設置することで、①を実現する効果があったのだと思いますか。

（為何設置了露天咖啡座，可以達到實現①的效果呢？）

_____

_____

②公道上のオープンカフェが広がらない理由はなんですか。

（露天咖啡座沒有擴展開來的理由是？）

_____

_____

將介紹這篇報導的日文句子翻成中文

屋外にテーブルを並べた「オープンカフェ」。3年前に法律が改正され、公道上への設置が可能になりました。しかし、東京都内では、新宿駅近くの商店街の組合が設置したものがあるのみ。なかなか広がらないようです。（參考答案請見附錄3）

_____

_____

_____

_____

延伸思考

➡ 對於室外空間的使用，台灣和日本有很大的差異性。本篇報導介紹了室外咖啡座的法律問題。請查查台灣有沒有相關的法令，騎樓或是道路的使用有哪些規定？並嘗試用日文解釋看看。

➡ 類似台北西門町的行人徒步區，日本也有多處有名的行人徒步區，查詢看看有哪些有名的行人徒步區，其特徵又是甚麼？（查詢關鍵字：歩行者天国〔ほこうしゃてんごく〕）

3-6

社会・道徳

車いす目線
外出先情報

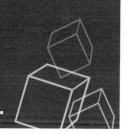

車いす生活を送る女性が、障害者やお年寄りのための情報をブログで発信しています。

①女性は、どのような情報を発信していますか。

_____

_____

_____

_____

②女性は、なぜこのような情報を発信しようと考えたのでしょう。

_____

_____

_____

_____

_____

車いす目線　外出先情報

不慮の事故のため、4年前に車いす生活になった福岡県大野城市の篠原彩さん（31）が、街中や旅行で訪れた観光地で障害者やお年寄りが利用しやすいかどうかをチェックし、ブログで発信している。タイトルは「バリアフリートラベラーaya の『これなに？』」。日々更新するブログには、「弱者に役立つ情報を」という思いがあふれている。

（林宏美）

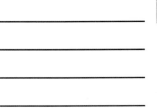

太宰府天満宮を訪れ、メジャーで通路の段差をチェックする篠原さん（福岡県太宰府市で）＝大野博昭撮影

△このトイレには車いすのまま身だしなみをチェックできる鏡があります▽（10月23日、福岡市の岩田屋で）

△このホテルは入浴用の車いすを無料で貸してくれますが、（衣類の）乾燥機を使うにはお手伝いが必要▽（3月25日、東京のユースホステルで）

篠原さんが昨年9月に始めたブログには、福岡市・天神や太宰府天満宮のほか、韓国・釜山や和歌山県・高野山など、買い物や旅行で訪れた先

大野城の女性　ブログで

バリアフリー　観光地や街中で調べ

で見たものや感じたことが日記形式の写真付きで掲載されている。ブログには障害者から「事前にどんな場所か分かり、役立ちました」「参考になります」といった書き込みが寄せられている。

篠原さんは27歳だった2010年夏、自宅近くの公園で遊具から転落。脊髄損傷で下半身不随となった。旅行が好きで、ワーキングホリデー制度を使って台湾に行く準備をしていた矢先のこと。

障害者用トイレや駐車場などの情報はホームページなどで事前に得られるが、実際に出かけてみると、わずかな傾斜やでこぼこが大きな障害になると実感。当事者だからこそわかる施設の使いにくさ、使いやすさの情報を発信しようと、外出の際はメジャーを持ち、観光地やデパートの設備の広さや段差をチェック。感想や改善してほしい点などをブログに掲載している。

（2014年11月25日　読売新聞西部本社夕刊）

③篠原彩さんの身の上に起こったことと、その後の生き方についてあなたはどう思いましたか。自由に書きましょう。

_____

_____

_____

_____

車いす くるま	輪椅	乾燥機 かんそうき	烘乾機
目線 めせん	視線、（從…的）角度	お手伝い てつだ	幫忙
外出先 がいしゅつさき	外出的目的地	ユースホステル	青年旅館
不慮 ふりょ	意外，沒想到的	掲載する けいさい	刊載
街中 まちなか	街上	参考になる さんこう	可參考的
観光地 かんこうち	觀光地	遊具 ゆうぐ	遊樂設施
障害者 しょうがいしゃ	身障者	転落 てんらく	摔落
お年寄り としよ	老人家	脊髄損傷 せきずいそんしょう	脊椎損傷
チェックする	檢視	（下）半身不随 か はんしん ふずい	（下）半身癱瘓
ブログ	部落格	ワーキングホリデー	度假打工
発信する はっしん	發表、公開	矢先 やさき	正是…的時候
バリアフリー	無障礙空間	傾斜 けいしゃ	傾斜
トラベラー	旅人	でこぼこ	凹凹凸凸
日々 ひび	每天	当事者 とうじしゃ	當事人
更新する こうしん	更新	メジャー	量尺
弱者 じゃくしゃ	弱勢族群	設備 せつび	設備
身だしなみ み	適當的儀容	段差 だんさ	段差
衣類 いるい	衣服	身の上 み うえ	身上

▶ 要注意寫法的漢字

観　類　伝　害　具　髄　随　当　載　発

【…ため】〈原因〉因為

➡ [N のため]　[Na なため]　[A/V ため]

・山手線は、新宿駅での人身事故のため、全線で運転を見合わせている。
・児童がとても活発なため、高齢の保育士では体力的にかなりきつい。
・佐藤さんはあまりに背が高いため、電車やバスの中ではずっと首を曲げて立っている。
・子供が何回も大声を出して泣くため、とうとう高価なおもちゃを買ってしまった。

【…かどうか】

➡ [N/Na/A/V かどうか]

・海産物が嫌いで興味がないので、これが魚かどうかもわからない。
・留学中は母から毎日、私が元気かどうか確認する電話がかかってきた。
・安いかどうかわからないが、一個しかなかったので、それを買ってきた。
・明日いっしょに行くかどうか決めて、今夜七時までに電話をしてほしい。

報導中的句子

不慮の事故のため、4年前に車いす生活になった福岡県大野城市の篠原彩さんが、街中や旅行で訪れた観光地で障害者やお年寄りが利用しやすいかどうかをチェックし、ブログで発信している。（因為一場意外事故，福岡縣大野城市的篠原彩小姐從4年前開始必須依賴輪椅生活。她在自己的部落格中發表，經過自己實測後，她曾到訪過的地方或是旅行時前往的觀光地，對身障者或是長者來説，在使用上是否便利。）

【だからこそ】正因為如此

・恋愛経験がない人だからこそ、他人の恋愛の問題を客観的に見られるかもしれない。

【にくい・やすい】難以…/ 易於…

➡ ［R にくい］ ［R やすい］

・長い工事の結果、この道はデコボコがなくなり、老人も歩きやすくなった。

・突然怒り出したり泣き出したりするので、山本さんは扱いにくい人である。

報導中的句子

当事者だからこそわかる施設の使いにくさ、使いやすさの情報を発信しようと、外出の際はメジャーを持ち、観光地やデパートの設備の広さや段差をチェック。

（正因爲自己也是身障的當事者，所以才能夠了解並發表，設備在使用上的便利度與否。她在外出時會帶著量尺，實際去確認觀光地或是百貨公司設備上的大小或是差距。）

發生了什麼事？（人、事、時、地、物）

我們來看看表單上的問題
① 女性はどのような情報を発信していますか。
　（這位女性發表甚麼樣的資訊呢？）

_____

_____

② 女性はなぜこのような情報を発信しようと考えたのでしょう。
　（她爲什麼要發表這樣的資訊？）

_____

_____

將介紹這篇報導的日文句子翻成中文

車いす生活を送る女性が、障害者やお年寄りのための情報をブログで発信しています。（參考答案請見附錄 3）

_____

_____

_____

_____

延伸思考

➡ 根據讀賣新聞的透露，這篇報導當中的主角 篠原彩曾想經由打工度假來台灣教日文。（報導當中只有提到她要來台灣）而當她在著手準備時，卻不幸遇到事故，而無法成行，所以現在的她用另外的方式對社會貢獻自己的力量。對於無障礙空間，你有仔細觀察過嗎？自己帶著大型行李時，覺得最不方便的事情是甚麼？你覺得該如何改善？

➡ 其實除了無障礙空間，社會上有很多需要周圍的人稍稍加以關心與幫助的。來了解一下日本的狀況吧！（查詢關鍵字：優先席・心臟ペースメーカー）

3-7

装い
「普通」がクール

年　組（　）名前　　サイン

装い「普通」がクール

経済 地球便

「ノームコア」NYから発信

普通が「クール（かっこいい）」——。スニーカーにジーンズなど定番商品を好んで身に着けるファッションが「ノームコア◎」と呼ばれ、流行の最先端を好むニューヨークの若者たちに広がっている。米ギャップなどカジュアルブランドも「普通」をアピールする。めまぐるしい流行の移り変わりを敬遠した新たな動きとの見方もある。（ニューヨーク　越前谷知子、写真も）

◆定番品が最先端

ファッションに敏感な人たちが集まるニューヨーク市ブルックリン。古着店から出てきたネイサン・メタロさん（28）は米カジュアルブランド「Lee（リー）」のジャケットと「リーバイス」のジーンズに身を包み、「この街では、みんながはやりの格好をするよ」と話した。

ファッションモデルらも、高級ブランドの新作ではなく、Tシャツにジーンズ、スニーカーという「ごく普通」の格好をする流れが強まっている。

「ノームコア」は、ニューヨークのトレンド調査会社「Kホール」が「集団になじむことを優先する姿勢」を指して作った言葉だ。今年初めごろから、ファッション界で使われるようになった。

スタイリストのジェレミー・ルイスさん（28）は「短い流行サイクルに合わせ、使い捨てのように洋服を浪費することに、皆が嫌気を感じ始めた」と分析する。流行を素早く商品化し、安く世界的に流通させるスウェーデンの「ヘネス・アンド・マウリッツ（H&M）」やスペインの「ZARA」などが席巻していることが背景にあるとみている。ルイスさんは「ブランドを発信する側と消費者側の双方に影響がある大きなムーブメント（動き）だ」と言い切る。

一方、米投資銀行パイパー・ジャフリーは、1990年代にもカジュアルが流行しており、20年周期で繰り返すブームに過ぎないと位置付ける。

◎ノームコア（Normcore）
ノーマル（Normal）とハードコア（Hardcore）を組み合わせた造語。「究極の普通」という意味。

（2014年11月30日読売新聞朝刊より）

「自分が好きなものを着ているだけ」と話すネイサン・メタロさん（左）。ブルックリンの街角では、シンプルな着こなしが目立つ

アメリカのニューヨークで、いま若者に、Tシャツやジーンズという「普通」のファッションが流行しているそうです。

①あなたは服を買うときに、値段や色、デザイン、素材など、なにを決め手にして選びますか。

②目立つ服装と集団になじむ服装と、あなたはどちらが好きですか。理由も書きましょう。

③記事を読んで、ファッションの流行について考えたことを書きましょう。

「読売新聞　2014年12月3日付」

装い <small>よそお</small>	裝扮	ごく	非常
定番 <small>ていばん</small>	經典（商品）	目立つ <small>め だ</small>	顯眼
スニーカー	球鞋	集団 <small>しゅうだん</small>	團體
ジーンズ	牛仔褲	（に）なじむ	融入
身に着ける <small>み つ</small>	穿戴	姿勢 <small>し せい</small>	姿態
最先端 <small>さいせんたん</small>	最尖端	初め <small>はじ</small>	一開始，最初
好む <small>この</small>	喜好	浪費 <small>ろう ひ</small>	浪費
若者 <small>わかもの</small>	年輕人	嫌気 <small>いや け</small>	不喜歡，討厭
めまぐるしい	令人眼花撩亂的	素早い <small>す ばや</small>	快速地
移り変わり <small>うつ か</small>	流轉、變化	席巻する <small>せっけん</small>	席捲
敬遠 <small>けいえん</small>	刻意保持距離的	流通 <small>りゅうつう</small>	流通
見方 <small>み かた</small>	看法	双方 <small>そうほう</small>	雙方
カジュアル	非正式的，輕鬆的	ブーム	熱潮
究極 <small>きゅうきょく</small>	極致	街角 <small>まちかど</small>	街頭
造語 <small>ぞう ご</small>	造詞	シンプル	單純，簡樸
敏感 <small>びんかん</small>	敏銳	着こなし <small>き</small>	穿法
古着 <small>ふる ぎ</small>	二手衣	デザイン	設計
はやり	流行	素材 <small>そ ざい</small>	素材
格好 <small>かっこう</small>	打扮	決め手 <small>き て</small>	決定性因素
身を包む <small>み つつ</small>	穿上身	位置付ける <small>い ち づ</small>	定位爲…
Ｔシャツ	Ｔ恤		

▶ 要注意寫法的漢字

| 裝 | 団 | 初 | 繰 | 済 |

句型

【に過ぎない】只是…，只不過…

➡ [N/Na である /V に過ぎない]

・平時の一人の死は悲劇だが、戦争での百万人の死は統計に過ぎない。
・鈴木さんが黙っているのは、病気だからではない。自分がちやほやされないから不機嫌であるに過ぎない。
・佐藤さんは手伝いをしているに過ぎないので、難しいことは陳さんに聞かないとわからない。

報導中的句子

一方、米投資銀行パイパー・ジャフリーは、1990 年代にもカジュアルが流行しており、20 年周期で繰り返すブームに過ぎないと位置付ける。（另一方面，美國的投資銀行 Piper Jaffray 則將這波流行定位為，如同 90 年代也曾流行休閒服飾一般，不過是 20 年流行週期的反覆。）

發生了什麼事？（人、事、時、地、物）

我們來看看表單上的問題

① あなたは服を買うときに、値段や色、デザイン、素材など、なにを決め手にして選びますか。

（你在選擇服裝時，甚麼會是你最重要的決定因素？價格、顏色、設計還是素材呢？）

_____

_____

_____

② 目立つ服装と集団になじむ服装と、あなたはどちらが好きですか。

（顯眼的衣服與融入團體的服裝，你喜歡哪一種？）

_____

_____

_____

將介紹這篇報導的日文句子翻成中文

アメリカのニューヨークで、いま若者に、Ｔシャツやジーンズという「普通」の
ファッションが流行しているそうです。（參考答案請見附錄3）

_____

_____

_____

_____

延伸思考

➡ 日本可說是東亞的流行文化領導者，雖然近年來韓國的文化勢力強力崛起，但是日本的流行依然影響台灣深遠。而其中年輕人的特殊裝扮也不在話下，一起查查日本的年輕人文化變遷！（查詢關鍵字：若者文化）

➡ 表現團體最有代表性的就是制服了，甚麼樣的工作會有制服？各自的特色又是甚麼？依照制服的不同，也會規定工作的內容或是位階嗎？

➡ 學生的制服也常常會有一些對應學校規定的各自變化，以日文表達看看，自己如何在學校制服上創造個人的特色。

PART4

從日本報導看台灣： 表達自己的想法與意見

學習目標

文章沒有標音，預測漢字讀音，並且查詢和確認正確讀音、句型，能夠以日文回答課本問題以及用日文簡單介紹本文內容。
☆最後查詢台灣是否有類似的新聞，再以中文或是日文表達自己的想法與意見。

我們建議的學習步驟

1. 快速地閱覽過報導。（預測漢字的讀音並迅速地閱讀）
2. 依照書中所提示的讀音，查詢並確認單字的意思。
3. 依照書中所提示的句型用法，確認例句的意思，並進一步確認本文句意。
4. 再度閱讀報導內容。
5. 嘗試以日文回答課本的問題。
6. 比較自己的回答與參考答案的異同。
7. 以網路查詢台灣是否有相關或是類似的報導。
8. 將兩則新聞比較後，嘗試以中文去表達自己的想法。
9. 將自己的想法或是意見以日文表達看看。

4-1

いじめ相談
スマホで

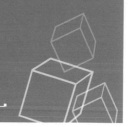

年　組（　　）名前　　　　　　　　　　　サイン

いじめ相談 スマホで

▲「みなと子ども相談ねっと」のマイページ画面

港区 専用サイト

臨床心理士ら回答

アバターで親しみやすく

スマートフォンの急速な普及でネットやSNSに絡むいじめやトラブルが増加する中、港区は、子供たちがスマホやパソコンから24時間相談できる専用サイト「みなと子ども相談ねっと」をスタートさせた。かわいいキャラのアバターを設定し、匿名で利用してもらう。相談する抵抗感をできるだけなくし、早期対応で被害拡大を防ぐ狙いがある。

（水戸部絵美）

相談ねっとは6月30日から相談の受け付けを開始。区内に住む18歳未満の子供が対象で、4日夕の段階ですでに13人から相談が寄せられており、友人関係の悩みなどを寄せている。利用するには、専用サイトで、メールアドレスや年齢、ニックネームなどを登録し、

うさぎやキリンなど好きなアバターを選んでマイページを作る。ページ上に相談を書き込むと、回答もページ上に届く仕組みだ。

臨床心理士や保健師など の資格を持つ同区子ども家庭支援センターの相談員が約10人体制で回答を作成。回答までに数日間かかるが、「自殺」や「殴られた」など、緊急性が高いキーワードが含まれていた場合は、目立つ字で表示されるようになっており、その場合は、すぐに面談を試みるなど素早く対応するという。

（2014年7月5日
読売新聞朝刊都民版より）

スマートフォンが広まったため、ネットやSNSにからむいじめが増えています。東京都港区では、その状況を逆手にとって、新たな試みを始めました。

---

①相談ネットの仕組みはどのようなものでしょう?

　専用サイトに＿＿＿＿＿＿＿を作り、相談事を書き込むと

　＿＿＿＿＿＿＿＿に回答が届く

②相談ネットで回答する相談員は何の資格を持っているでしょう?　記事を読んで答えてください。

　＿＿＿＿＿＿＿＿＿や＿＿＿＿＿＿＿＿＿

③ネット上で相談する仕組みの良い点、悪い点を挙げてください。その理由を裏面に書きましょう。

　・良い点＿＿＿＿＿＿＿　　・悪い点＿＿＿＿＿＿＿＿

読売新聞から　教育関連情報は「読売教育ネットワーク」で　http://kyoiku.yomiuri.co.jp

「読売新聞　2014年12月3日付」

重點單字

スマホ（スマートフォン）	智慧型手機	メールアドレス	電子信箱
急速（きゅうそく）	快速的、急速的	年齢（ねんれい）	年齡
ネット	網路	ニックネーム	暱稱
SNS	社群網站	登録（とうろく）	登錄
（に）絡（から）む	與…牽扯上	書（か）き込（こ）む	寫入（填入）
いじめ	霸凌	届（とど）く	寄到
トラブル	麻煩、問題	臨床心理士（りんしょうしんりし）	臨床心理諮商師
増加（ぞうか）	增加	資格（しかく）	資格
パソコン	電腦	保健師（ほけんし）	保健師
相談（そうだん）	諮商、商量	相談員（そうだんいん）	諮商人員
専用（せんよう）サイト	專用網站	体制（たいせい）	體制
スタート	開始	回答（かいとう）	回答
アバター	化身，角色	作成（さくせい）	（製作、寫）成
匿名（とくめい）	匿名	数日間（すうじつかん）	數天內
抵抗感（ていこうかん）	抗拒感	殴（なぐ）る	毆打
早期対応（そうきたいおう）	早期的對應	緊急性（きんきゅうせい）	緊急性
狙（ねら）い	目的	面談（めんだん）	面談
段階（だんかい）	階段	逆手（さかて）にとる	反過來利用
友人関係（ゆうじんかんけい）	與交友有關的	試（こころ）み	嘗試
親（した）しむ	親密	新（あら）たな	新的
悩（なや）み	煩惱	裏面（うらめん）	反面，背面
寄（よ）せる	投（稿）		

急　区　増　専　狙　殴　港　届　込　点

句型

【…という】〈伝聞〉據說

・ 李さんが電話に出ないので、オフィスに電話してみると、李さんは定時に会社を出たという。

【までに】到…為止

➡ [Nまでに]　[V-るまでに]

・ 四時までにここを出ないと、アルバイトに間に合わない。
・ 先生が来るまでに、急いで小テストの範囲の復習をしたほうがいい。

報導中的句子

回答までに数日間かかるが、「自殺」や「殴られた」など、緊急性が高いキーワードが含まれていた場合は、目立つ字で表示されるようになっており、その場合は、すぐに面談を試みるなど素早く対応するという。（到回答為止需要數天，但是如果包含「自殺」「被毆打」等緊急性較高的關鍵字的話，在網頁上會以明確的字體顯示出來。有那樣的狀況時，則會儘快進行面對面約談的對應。）

發生了什麼事？（人、事、時、地、物）

我們來看看表單上的問題

① 相談ネットの仕組みはどのようなものでしょう？

（諮商網站是怎麼樣的架構？）

_____

_____

② 相談ネットで回答する相談員は何の資格を持っているでしょう？記事を読んで答えてください。

（在諮商網上回答的諮商人員具有甚麼樣的資格？請閱讀報導後回答。）

將介紹這篇報導的日文句子翻成中文

スマートフォンが広まったため、ネットや SNS にからむいじめが増えています。東京都港区では、その状況を逆手にとって、新たな試みを始めました。（參考答案請見附錄 3）

我的想法和意見

我們來看看表單上的問題

ネットで相談する仕組みのよい点、悪い点を挙げてください。その理由を下に書きましょう。

延伸思考

➡ 對你而言，手機是生活中的必需品嗎？利用手機，可以完成多少事情？

➡ 如果台灣也有上網諮商霸凌問題的制度，你會考慮利用此制度嗎？為什麼？

➡ 日本的霸凌問題層出不窮，查詢一下相關的法律與制定的緣由吧！（查詢關鍵字：いじめ防止対策推進法）

➡ 霸凌是一個很棘手的問題，嘗試用說說自己的想法。

4-2

家庭・総合

給食に牛乳は不要？

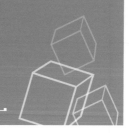

年　組（　　）名前　　　　　　　　　　　　　サイン

新潟県三条市は、学校給食から牛乳をはずすことを決めました。この方針をめぐって、いろんな意見が出されています。

（2014年6月12日読売新聞朝刊）

①給食に牛乳を出さないことについて、賛成派と反対派の意見をそれぞれ書きましょう。

賛成派	
反対派	

②記事を読んで、思ったことや考えたことを書きましょう。

給食に牛乳は不要？

学校給食に牛乳は必要か――。完全米飯給食を導入する新潟県三条市が、「ご飯に牛乳は合わない」として試験的に給食から牛乳を外す方針を決めたことが、波紋を呼んでいる。「和食文化を守っていきたい」などの考えから、京都市でも給食の時間に牛乳提供を続けるか検討が始まった。一方、栄養の専門家らは「カルシウム不足になる」と強く反発。給食のあり方をめぐる論争に発展している。

「ご飯と合わない」

三条市立裏館小の今月9日の献立は、生のりなどを入れた「いそか汁」、サバのみそ漬け焼き、厚揚げとコンニャクのいため煮などと牛乳。主食は毎日ご飯で、コメどころの同市では2008年度から市立の全小中学校でパンや麺類の提供はない。

食文化・栄養めぐり賛否

（現在は30校）で完全米飯給食を実施。ご飯に汁物、主菜、副菜という和食の基本「一汁三菜」を提供する。昨年12月に「和食」が国連教育・科学・文化機関（ユネスコ）の無形文化遺産に登録されたことを受け、児童生徒に和食の作法を教えるなど、食育にも力を入れている。

一方、日本栄養士会、全国学校栄養士協議会は、「学校給食で提供する牛乳は、成長期の子供たちに必要な食品。中止はカルシウム不足を招く恐れがある」などとして、三条市の動きに疑問を呈する声明などが相次いで発表した。

三条市の今月の学校給食献立例

ご飯（なめみそ付き）　イワシのみぞれ煮　ホウレンソウのゴマ酢あえ　けんちん汁　牛乳
ご飯　ハンバーグ　キャベツとアスパラのソテー　チンゲンサイのスープ　牛乳
ご飯（梅干し付き）　エビ、豆、イモの揚げ物の甘辛あえ　切り干し大根サラダ　ナスのみそ汁　牛乳

今年12月からは、牛乳の提供を4か月間、試験的に中止する予定だ。「ご飯と牛乳は合わない」という保護者の声を受けた。6～14歳の子供が1回当たりの給食で摂取すべきカルシウムの目安を300～450ミ゚リ・グラムと定めている。牛乳は200ミ゚リ・グラムで230ミ゚リ・グラムほどのカルシウムを摂取できる。同省は学校給食での牛乳提供を具体例に挙げるが義務化はしていない。

一方、米飯給食は1976年に導入され、2012年度は小中学校などの約95％が週に3回以上、実施している。同省学校健康教育課では、「給食の食材や献立を決めるのは自治体。栄養摂取に影響がなければ問題ない」としている。

「カルシウム不足」

牛乳は効率よくカルシウムを摂取できる飲料として戦後、学校給食に定着。文部科学省は、給食費の値上げを避ける狙いもあるといい、消費増税に伴う給食費のほか、期間中は小魚のふりかけを使ったり、魚のおかずの量を増やしたりして、カルシウム不足を防ぐ予定だ。

（渡辺光彦、清水綾）

「読売新聞　2014 年 7 月 9 日付」

（に）合う	…相合（或是可互搭）	副菜	副菜
学校給食	營養午餐	基本	基本（形態）
外す	移開、除掉	一汁三菜	三菜一湯
方針	方針	国連	聯合國
波紋を呼ぶ	引起討論（爭議、話題）	ユネスコ	聯合國教育科學文化組織
検討	探討、檢討	無形文化遺産	無形文化遺産
栄養	營養	児童	兒童
カルシウム	鈣質	生徒	學生
反発	反彈	作法	作法、規矩
論争	爭議	食育	飲食教育
（に）発展する	發展爲	（に）力を入れる	盡力於
献立	菜單	甘辛和え	甜辣口味的涼拌
さば	鯖魚	中止	中止
こんにゃく	蒟蒻	保護者	家長、監護人
厚揚げ	油豆腐	消費増税	消費稅增稅
味噌漬け焼き	（烤或煎的）味噌口味	値上げ	漲價
なめみそ付き	佐以味噌醬	小魚	小魚
麺類	麵食類	疑問を呈する	提出質疑
コメどころ（米所）	米鄉、米倉	声明	聲明
米飯	白米飯	相次ぐ	接二連三
実施	實施	効率	效率、效能
汁物	湯	摂取	攝取
主菜	主菜	戦後	二戰後

定着 ていちゃく	固定下來	けんちん汁 じる	豬肉味噌湯
目安 めやす	大概的基準	アスパラ	蘆筍
定める さだ	決定	ソテー	奶油（煎或炒）的料理
具体例 ぐたいれい	具體例子	揚げ物 あ もの	炸物
導入 どうにゅう	導入	サラダ	沙拉
食材 しょくざい	食材	ナス	茄子
自治体 じちたい	地方自治體	ふりかけ	香鬆
不要 ふよう	不需要	賛否 さんぴ	贊成與反對
切り干し大根 き ぼ だいこん	白蘿蔔乾絲	招く まね	招致
梅干し うめぼ	酸梅	恐れ おそ	恐怕會
いわし	沙丁魚		

▶ 要注意寫法的漢字

栄 争 麺 摂 具 献 賛

句型

【めぐって】圍繞…

➡ ［Ｎをめぐって］ ［ＮをめぐるＮ］ ［ＮをめぐってのＮ］

・その日の授業では、「は」と「が」の問題をめぐって大論争が起こった。
・そのマンション建設計画をめぐる話し合いは、もう半年も続いている。

報導中的句子

給食のあり方をめぐる論争に発展している。（發展到變成營養午餐該是怎麼樣的爭論。）

【・・・たり・・・たりする】又…又…，或者…或者…

➡ [N/Na だったり] [A- かったり] [V- たり]

- おやつは毎日違っていて、ポテトチップスだったり果物だったりした。
- 人間が元気だったり憂鬱だったりすることには、その時の天気や気温も大きく関係がある。
- 山の中は、暑かったり寒かったりして、天気の変化が早い。
- 山小屋の中では、たくさんの人が休んだり食事をしたりしていた。

報導中的句子

期間中は小魚のふりかけを使ったり、魚のおかずの量を増やしたりして、カルシウム不足を防ぐ予定だ。（在這期間，使用小魚的香鬆或是增加魚類的料理，預計以此避免鈣質的不足。）

【一方】另一方面

- 先週の週末、鈴木さんは香港へ旅行に行った。一方、佐藤さんはずっと家でのんびりしていた。

報導中的句子

一方、日本栄養士会、全国学校栄養士協議会は、「学校給食で提供する牛乳は、成長期の子供たちに必要な食品。中止はカルシウム不足を招く恐れがある」などとして、三条市の動きに疑問を呈する声明などを相次いで発表した。（另一方面，日本營養師協會、全國學校營養師協議會等陸陸續續對三條市的做法提出質疑的聲明。他們認為「在學校營養午餐當中所提供的牛奶，對於成長期的兒童來說是必要的食品。如果終止提供的話，恐會招致鈣質攝取不足的問題」。）

【・・・とする】〈見なし〉視為…，認知為…

➡ [N/Na だとする] [A/V とする]

- 警察では最初、この白い物体を人の骨だとしていた。
- 李議員の同性愛者蔑視発言は悪質だとして、市民団体はすぐに抗議した。
- 工場の責任者は、製造工程で虫が入った可能性は低いとしている。

・主催者側は、広場の安全確認ができればすぐにイベントを再開するとしている。

同省学校健康教育課では、「給食の食材や献立を決めるのは自治体。栄養摂取に影響がなければ問題ない」としている。（文部省的學校教看教育課則表示：「營養午餐的食材或是菜單是由地方自治體來決定的。只要不影響營養的攝取就沒有問題」。）

發生了什麼事？（人、事、時、地、物）

我們來看看表單上的問題

①給食に牛乳を出さないことについて、賛成派と反対派の意見をそれぞれ書きましょう。

（對於營養午餐不提供牛奶，請將贊成與反對的意見寫出來。）

賛成派＿＿＿＿＿＿＿＿＿＿＿＿＿＿＿＿＿＿＿＿＿＿＿＿＿＿

＿＿＿＿＿＿＿＿＿＿＿＿＿＿＿＿＿＿＿＿＿＿＿＿＿＿＿＿＿

反対派＿＿＿＿＿＿＿＿＿＿＿＿＿＿＿＿＿＿＿＿＿＿＿＿＿＿

＿＿＿＿＿＿＿＿＿＿＿＿＿＿＿＿＿＿＿＿＿＿＿＿＿＿＿＿＿

將介紹這篇報導的日文句子翻成中文

新潟県三条市は、学校給食から牛乳をはずすことを決めました。この方針をめぐって、いろんな意見が出されています。（參考答案請見附錄3）

＿＿＿＿＿＿＿＿＿＿＿＿＿＿＿＿＿＿＿＿＿＿＿＿＿＿＿＿＿＿＿

＿＿＿＿＿＿＿＿＿＿＿＿＿＿＿＿＿＿＿＿＿＿＿＿＿＿＿＿＿＿＿

＿＿＿＿＿＿＿＿＿＿＿＿＿＿＿＿＿＿＿＿＿＿＿＿＿＿＿＿＿＿＿

＿＿＿＿＿＿＿＿＿＿＿＿＿＿＿＿＿＿＿＿＿＿＿＿＿＿＿＿＿＿＿

我的想法和意見

我們來看看表單上的問題
①記事を読んで、思ったことや考えたことを書きましょう。

_____

_____

_____

_____

延伸思考

➡ 台灣也曾經有在學校是否要提供鮮奶的爭議。請上網查查看相關的報導。並比較一下台日之間爭議點的不同。（查詢關鍵字：ミルク給食・完全給食・補食給食）

➡ 日本人很重視飲食的搭配，台灣的營養午餐呢？有甚麼樣的特色呢？我們是否也強調在地食材？還是在營養午餐中，也有其他特別強調的觀點呢？

➡ 報導中多次提到和食文化，那麼你可以用日文簡述台灣的飲食文化嗎？

4-3

社会・保健

性同一性障害の子供606人

「性同一性障害」について、全国の学校で調査が行われました。偏見がなくなるきっかけとしたいものです。

性同一性障害の子供 606人

学校で配慮なし 4割

小中高に報告　文科省初調査

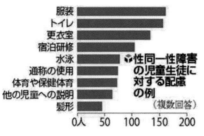

性同一性障害の児童生徒に対する配慮の例

（複数回答）

- 服装
- トイレ
- 更衣室
- 宿泊研修
- 水泳
- 通称の使用
- 体育や保健体育
- 他の児童への説明
- 髪形

0人　50　100　150　200

体と心の性が一致しない性同一性障害◎とみられる児童生徒が、全国の小中高校で少なくとも606人いることが13日、文部科学省の初めての調査で分かった。このうち6割に対しては制服などについて何らかの配慮がされていたが、4割近くは配慮がなく、学校現場で対応が分かれている実態が浮き彫りになった。文科省は今後、専門家の意見を踏まえ、対応策づくりに乗り出す。

国公私立の小中高校などに昨年4～12月に在籍した児童生徒1369万人を対象に、学校側が既に把握している事例について調査。その結果、児童生徒か保護者が性同一性障害と認識し、学校側に伝えているケースは606人。このうち戸籍上の男子は237人、女子が369人で、無回答が3人いた。高校が403人と過半数を占め、中学110人、小学高学年40人、同中学年27人、同低学年26人だった。学校側が特別な配慮をしている児童生徒は377人と全体の62・2％。具体的な配慮（複数回答）としては、服装面が161人と最も多く、生徒が認識している性別での制服着用を認めた学校や、制服のない小学校で戸籍上男子の児童がスカー

トで登校しているケースもあったほか、職員トイレを使用させたり、戸籍名とは違う通称で呼んだりと、各校が様々な工夫をしていた。一方、2,228人（37・6％）に関しては特に配慮はされていなかった。無回答は1人（0・2％）。

現状については「周囲も受け入れている」という回答があった一方、「不登校の状態となっており、保健室に通うことが多い」という例もあった。

文科省は「調査結果は実際の人数の一部」としており、性同一性障害の当事者らでつくる団体「gid.jp日本性同一性障害と共に生きる人々の会」の山本蘭代表（56）の話「子どもたちが学校に相談しやすい環境をつくることが重要だ」と指摘する。

中塚幹也・岡山大教授（生殖医学）の話「全国調査をしたことで学校現場の意識が変わるのではないか。学校全体での組織的な対応が進んでいる海外の取り組みを参考に、個々の子どもにあった支援ができるように、教員に基礎知識を学んでもらうことが大事だ」

（2014年6月14日　読売新聞朝刊）

◎性同一性障害　生物学的な性別と心理的な性別が一致しない状態。2004年施行の性同一性障害特例法では、2人以上の医師の診断が一致している人と定められているが、今回の文科省の調査では児童生徒本人が性別違和感を持ち、本人か保護者が性同一性障害という認識を持っている場合とし、医師の診断がない場合も含む。

---

①文部科学省が性同一性障害の児童生徒への対応策づくりに乗り出します。その理由として正しいものを次のなかから選んでください。

- （1）制服のない小学校で戸籍上男子の児童がスカートで登校しているケースがあったから。
- （2）政府が体の性よりも心の性を尊重すべきだと考えているから。
- （3）性同一性障害の子供が予想に反して多かったから。
- （4）性同一性障害に対する児童生徒の知識が足りないから。

②性同一性障害の子供に対する学校の対処として適切なものを次の中から選んでください。

- （1）体が男で心が女の児童には、男らしくなれるようにスポーツ刈りなど男らしい髪形にするように指導する。
- （2）性同一性障害とは何であるのか、みんなで学習し、考える機会を持つ。
- （3）性同一性障害を克服して、心と体の性が一致するように、教職員と周りの児童生徒が励ましてあげる。
- （4）保健室などで他の児童生徒の目に触れずに授業を受けられるように配慮する。

【発展学習】性同一性障害を持つ人が、ストレスを感じるのはどんな時でしょうか。考えてみましょう。

読売新聞 から　　教育関連情報は「読売教育ネットワーク」で　http://kyoiku.yomiuri.co.jp

「読売新聞　2014年7月16日付」

配慮（はいりょ）	顧慮、留心	髪型（かみがた）	髮型
一致（いっち）	一致	認識（にんしき）	認知
小中高校（しょうちゅうこうこう）	高中小學	過半数（かはんすう）	過半數
児童生徒（じどうせいと）	小學兒童與國高中學生	把握（はあく）	調查掌握
文部科学省（もんぶかがくしょう）（文科省）（もんかしょう）	日本的教育部	戸籍（こせき）	戶籍
最も（もっと）	最…	高学年（こうがくねん）	高年級
制服（せいふく）	制服	中学年（ちゅうがくねん）	中年級
実態（じったい）	實際的狀態	低学年（ていがくねん）	低年級
浮き彫りになる（うきぼり）	具體浮現出來	様々（さまざま）	各式各樣
国公私立（こっこうしりつ）	國公私立	現状（げんじょう）	現況
性別（せいべつ）	性別	不登校（ふとうこう）	拒絕上學
状態（じょうたい）	狀態	団体（だんたい）	團體
施行（しこう）	施行	指摘（してき）	指出
特例（とくれい）	特別案例	意識（いしき）	意識
医師（いし）	醫生	海外（かいがい）	海外、國外
診断（しんだん）	診斷	基礎（きそ）	基礎
更衣室（こういしつ）	更衣室	対処（たいしょ）	對應
宿泊研修（しゅくはくけんしゅう）	住宿研修	在籍（ざいせき）	在籍
水泳（すいえい）	游泳	偏見（へんけん）	偏見
通称（つうしょう）	通稱	生殖医学（せいしょくいがく）	生殖醫學
違和感（いわかん）	覺得奇怪、不適應	ストレス	壓力

▶要注意寫法的漢字

称　殖　様　処　髪

句型

【としては】〈立場・観点〉

➡[N としては]

- 私としては、この商品は開発を中止したほうがいいと思う。
- 憲法学の教授としては、現在の政治の状況に黙っていることはできない。
- これからの課題としては、費用の問題と会場の問題を挙げることができる。

報導中的句子

学校側が特別な配慮をしている児童生徒は 377 人と全体の 62.2%。具体的な配慮（複数回答）としては、服装面が 161 人と最も多く、生徒が認識している性別での制服着用を認めた学校や小学校で戸籍上男子の児童がスカートで登校しているケースもあった。（對於有獲得學校方面特別幫助的學生，佔全體的 62.2%，共 377 人。他們所獲得的具體幫助（可複選）有，在服裝部分佔得最多是 161 人，有接受學生可以穿著自己所認同性別的制服的學校，或是也有小學讓户籍上登記爲男孩的學生穿裙子上學。）

發生了什麼事？（人、事、時、地、物）

我們來看看表單上的問題

① 文部科学省が性同一性障害の児童生徒への対応策作りに乗り出します。その理由として正しいものを次の中から選んでください。

（文部科學省開始對於具有性別認同障礙的學生研擬對策。從表單中選出正確的理由。）

② 性同一性障害の子供に対する学校の対処として適切なものを次の中から選んでください。

（針對性別認同障礙的學生，請從表單中選出，學校所採取的對策當中，有哪些是適切的？）

將介紹這篇報導的日文句子翻成中文

「性同一性障害」について、全国の学校で調査が行われました。偏見がなくなる
きっかけとしたいものです。（參考答案請見附錄 3）

_____

_____

_____

_____

我的想法和意見

我們來看看表單上的問題

　性同一性障害を持つ人が、ストレスを感じるのはどんなときでしょうか。考えてみ
ましょう。

_____

_____

_____

_____

延伸思考

➡ 在日本與本篇報導相關的法令當中有些甚麼樣的規定呢？請查查看其定義。（查
　詢關鍵字：性同一性障害者の性別の取扱いの特例に関する法律→通稱為：
　性同一性障害特例法・性同一性障害者特例法）

➡ 這個報導的主題在台灣比較少見，再查查日本有沒有其他對於性別認同障礙者
　的相關對應。（查詢關鍵字：性別欄・印鑑登録証明書）

➡ 你身邊也有相同困擾的朋友嗎？或是你也曾聽過相關的事情？說說自己的想法。

4-4

「一生治らない」は間違い

年　組（　）名前　　　　　サイン

「一生治らない」は間違い

こころ
健康のページ

国内にカジノを作るか否かの議論の中で、盛んに話題に上るギャンブル依存症。「日本人は依存症になりやすい」との声や、「発症すると治らない」との見方があるが、本当なのか。最新のカウンセリング治療を行う専門病院で真相を探った。（佐藤光展）

神奈川県横須賀市の国立病院機構・久里浜医療センター。約10年前から競馬にはまり、250万円失っても懲りず、借金で競馬を続ける60歳代の女性が、昨夏にできたギャンブル外来でカウンセリングを受けた。

「競馬は投資。やめない」。最初はかたくなで、「老後の生活資金を増やすのが目的」と語った。だが、精神科医の河本泰信さんが対話を続けると「お金を増やして周囲の人を助けたい」と、もう一つの目的を明かした。

動機が金銭欲だけなら、負けが続くと我に返りやめられるが、名誉欲の一種の「お世話欲」の充足まで競馬に求めたため、没入してしまったのだ。

河本さんは競馬をやめるとは言わず、続けるための条件を示した。「競馬の目的を一つに絞ること」。金銭欲なり暇つぶしなり、一つの目的だけで行っていれば病的な状態には陥らないとの考えからだ。加えて河本さんは、女性のお世話欲を別の形で満たすため、ボランティア活動を勧めた。すると競馬の世話役を始めた。

女性は地域の世話役に興味を別の形で満たすため、ボランティア活動を勧めた。すると競馬への興味が薄れた。

自己評価低い人ほど深刻化

ギャンブル依存症外来

平日の朝。雨にもかかわらず、パチンコ店には開店を待つ行列ができた（東京都内で）＝佐藤光展撮影

金銭欲の面でも「負け続きで割が合わない」「負けたお金は入れるな」などの極端な声が上がった。

しかし、成人男性の1割近くがギャンブル依存症になるような国が、世界第3位の経済大国でいられるものだろうか。河本さんは、調査の質問票は米国でカジノに通う人を想定して作られており、パチンコ店に気軽

から「カジノを作っても日本人は入れるな」などの極端な声が上がった。

しかし、成人男性の1割近くがギャンブル依存症になるような国が、世界第3位の経済大国でいられるものだろうか。河本さんは、同センターの新たな治療の試みは始まったばかりだ。河本さんは「社会全体で適切な治療について考えてほしい」と呼びかけている。

に立ち寄れる日本では、実態以上に疑い例が増えてしまう」と指摘する。

河本さんは更に、「ギャンブル依存症に陥っても、大半の人は自然にやめるか、問題のないギャンブルに戻るという海外の研究結果がある。深刻化する人は1割ほどではないか」とみる。

だが医療機関でギャンブル依存症と診断されると、「一生治らない」と決めつけられ、以後はギャンブル数回の通院で回復したのが通例だ。

河本さんは「最新の脳研究でも、治らないという根拠は示されていない。安易な決めつけは患者を追い込んでいる」と指摘する。

ギャンブル依存が深刻化しやすいのは、自己評価が著しく低い人だ。達成感や優越感の充足、現実逃避の欲求などまでギャンブルに求め、のめり込む。こうした人に「治らない」のレッテルを貼ると、自己評価はますます低くなってしまう。

(調査では、ギャンブル依存症の疑いがある人は成人男性の8・7%、女性の1・8%だった。欧米では疑い症の研究班が昨年行った調査で、ギャンブル依存症の疑いがある人は成人男女の8・7%、女性の1・8%だった。)

ギャンブル依存症「興奮を得たいがために、賭け金の額を増やして賭博をする欲求」や「苦痛の気分の時に賭博をすることが多い」など、複数の症状や行動が長く続く場合に診断される。専門的には依存症という言葉は使わず、ギャンブル障害と呼ぶ。

「治らない」と言われる「ギャンブル依存症」。しかし、治療の試みを続ける専門病院では、成果が出ているようです。

（2014年12月4日読売新聞夕刊）

---

①ギャンブル依存を深刻化させる人は、どんなタイプの人で、どうしてそうなるのでしょうか。記事の中の言葉で書きましょう。

_____

_____

②ギャンブル依存症に関する河本医師の見解で正しいものは、次のうちどれでしょうか。一つ選んで丸をつけてください。

（1）一生治らないというのは誤解。ギャンブルを禁じれば、回復が可能。

（2）深刻化する人はごくわずか。治療が必要なのは、重症になった人だけだ。

（3）最新の研究でも、治らないという根拠はない。治らないという決めつけは、症状を悪化させるかもしれない。

（4）意志の力で克服できる。必ず治る。

③日本にカジノを作ることについて、「日本人はギャンブル依存症になりやすい」からと、反対の声もあります。あなたはどう思いますか。

_____

_____

_____

④河本医師は「社会全体で適切な治療について考えてほしい」と呼びかけています。どんな方法があるでしょうか。あなたの意見を書きましょう。

_____

_____

_____

読売新聞から　教育関連情報は「読売教育ネットワーク」で　http://kyoiku.yomiuri.co.jp

「読売新聞　2014年12月3日付」

国内（こくない）	國內	陥る（おちいる）	掉入、陷入
カジノ	賭場	評価（ひょうか）	評價
ギャンブル	賭博	勧める（すすめる）	勸說、推薦
依存症（いぞんしょう）	依存症	薄れる（うすれる）	變淡
発症する（はっしょうする）	發病	割が合わない（わりがあわない）	不符成本
治る（なおる）	治癒	つき物が落ちる（つきものがおちる）	依附在身上的甚麼掉了
カウンセリング	心理諮商		
競馬（けいば）	賭馬	昨年（さくねん）	去年
（に）はまる	迷上	疑いがある（うたがいがある）	令人懷疑
懲りる（こりる）	學到教訓	際立つ（きわだつ）	顯著、明顯
借金（しゃっきん）	借錢	極端（きょくたん）	極端
外来（がいらい）	門診	声（こえ）	發言、聲音、說法
投資（とうし）	投資	想定する（そうていする）	設想為、設定為
老後（ろうご）	年老後	気軽（きがる）	輕鬆、沒有心理負擔的
かたくな	堅持，固執	更に（さらに）	更…
金銭欲（きんせんよく）	金錢慾望	大半（たいはん）	大多、多半
我に返る（われにかえる）	覺醒過來	戻る（もどる）	回到
名誉（めいよ）	名譽	深刻化（しんこくか）	嚴重化
充足（じゅうそく）	充足、足夠	安易（あんい）	輕易的
条件（じょうけん）	條件	追い込む（おいこむ）	逼迫、壓迫
没入（ぼつにゅう）	陷入	患者（かんじゃ）	患者
絞る（しぼる）	侷限於…	著しい（いちじるしい）	顯著
暇つぶし（ひまつぶし）	打發時間	適切（てきせつ）	適當

117

懲 薄 銭 誉 条 陥 勧 戻 価 声

句型

【…とは】〈引用〉

・いい商品を開発しろとは言ったが、こんなに金を遣っていいとは言っていない。

報導中的句子

河本さんは競馬をやめろとは言わず、続けるための条件を示した。
（河本醫生沒有要求病患不要賭馬，只是開出了如果要繼續賭馬時的條件。）

【…なり…なり】

➡ ［Nなりなり］　［V-るなりV-るなり］

・喉が渇いたら、冷蔵庫の中からコーラなりビールなり、好きなものを出して飲ん
　でいい。
・もし番組の内容に不満があるなら、電話するなりメールを出すなりすればいい。

報導中的句子

金銭欲なり暇つぶしなり、一つの目的だけで行っていれば病的な状態には陥らない
との考えからだ。（這是源自於以下的想法，不管是金錢慾望或是打發時間，若將目
的僅限制於一個的話，就不會導致陷入病態的成癮。）

【ようだ】〈比喩〉

➡ ［V-る／V-た（かの）ようだ］

・気持ちよくて、雲の中を泳ぐようだった。
・鈴木さんは、ある有名タレントを見かけたというだけのことを、鬼の首を取った
　かのように自慢する。

金銭欲の面でも「負け続きで割が合わない」と感じ、つき物が落ちたかのように急速に回復した。（在金錢的部分也感覺到「一直輸，不符成本」，就像依附在身上的甚麼東西掉了一樣，很快速地康復了。）

【ものだろうか】

➡ ［V ものだろうか］

・あの慎重な鈴木さんが、知り合ったばかりの人に簡単に大金を貸すものだろうか。

しかし、成人男性の1割近くがギャンブル依存症になるような国が世界第3位の経済大国でいられるものだろうか。（但是，若是成年男性有將近一成是賭博成癮症的話，這樣的國家怎麼可能會成為世界第三位的經濟大國呢？）

【ではないか】

➡ ［N/Na（なの）ではないか］　［A/V のではないか］

・鈴木さんの財布を盗んだのは、佐藤さん（なの）ではないか。
・家族のいる人の家を夜12時に訪ねるのは、少し非常識（なの）ではないか。
・こんな簡単な仕事に20人も使うのは、多いのではないか。
・あの事件の夜、鈴木さんも現場にいたのではないか。

深刻化する人は1割ほどではないか。（會嚴重化的人，不過是一成罷了。）

發生了什麼事？（人、事、時、地、物）

我們來看看表單上的問題

①ギャンブル依存を深刻化させる人は、どんなタイプの人で、どうしてそうなるのでしょうか。記事の中の言葉で書きましょう。

（賭博成癮症很嚴重的人，是甚麼樣的人呢？爲什麼會變成那樣呢？請使用報導中的詞彙回答看看。）

_____

_____

②ギャンブル依存症に関する河本医師の見解で正しいものは次のうちどれでしょうか。
　一つ選んで丸をつけてください。

　（關於賭博成癮症河本醫生的見解，在表單上面哪一個是正確的？請圈出來。）

將介紹這篇報導的日文句子翻成中文

「治らない」と言われる「ギャンブル依存症」。しかし、治療の試みを続ける専門病院では、成果が出ているようです。（參考答案請見附錄 3）

_____

_____

_____

_____

我的想法和意見

我們來看看表單上的問題
③日本にカジノを作ることについて、「日本人はギャンブル依存症になりやすい」からと、反対の声もあります。あなたはどう思いますか。

_____

_____

_____

④川本医師は「社会全体で適切な治療について考えてほしい」と呼びかけています。どんな方法があるのでしょうか。あなたの意見を書きましょう。

_____

_____

_____

_____

➡ 這些年來，在醫學上「…成癮」已經是確立的疾病囉。所以除了本篇報導之外，你可以查查還有甚麼樣的成癮症呢？（查詢關鍵字：ネット依存症・アルコール依存症・薬物依存症）

➡ 這些疾病的特徵是甚麼？治療上又多採取甚麼樣的建議呢？請嘗試用日文查詢網頁後，以中文說明看看。

➡ 在台灣比較常聽到的成癮症有哪些？醫療院所當中有設立相關的療程嗎？

➡ 台灣也有設立賭場或是賭博合法化的爭議，看看有哪些報導吧！

附錄 1

報導全文與漢字讀音

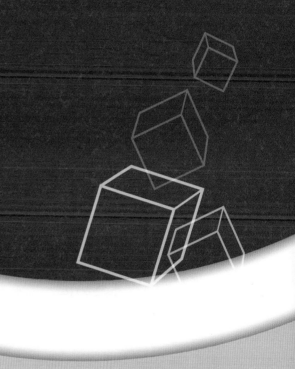

1-1 投げる力低下

　小学生の投げる力がどんどん低下しています。10歳の男子のボール投げの記録が、５０年前と比べて６メートルも短くなっているのです。

　なぜ、投げる力が弱くなってきたのでしょうか。

　ボール投げは、投げ方のコツや慣れが必要だと言われています。最近は、キャッチボールなど投げる遊びが減り、遊べる場所も少なくなってきたことが、理由の一つにあるようです。

　また、調査では、ボール投げ以外の体力も、成績が一番よかった１９８５年ごろより低くなっていることがわかりました。

　生活が便利になったことで、車やエレベーターなどに頼りがちになり、生活の中で体を動かすことが少なくなりました。こうしたことが、体力低下につながっていると言われています。

　体力がつくと、カゼなどの病気にかかりにくくなります。また、やる気や集中力といった脳の働きも高まります。体を動かすことは、元気でじょうぶな体をつくるためにとても重要なことなのです。

1-2 食生活変わり自給率下がる

　日本の食料自給率は、50年ほどの間に、少しずつ下がってきました。その理由の一つに、私たちの食生活が変化したことがあります。

　かつては、主食であるお米を中心に、魚や野菜などを多く食べていました。でも、洋食化がどんどん進んで、パンや肉をたくさん食べるようになりました。パンの原料となる小麦や、牛や豚のエサ用のトウモロコシは、雨が多い日本の気候には合わず、大量には作られていません。このため、外国からの

輸入に頼らなければならないのです。

　農業をする人が減ってしまっていることも、自給率の低さにつながっています。農業をする人が減ると、田んぼや畑が減り、農作物の生産量も減ってしまいます。そのため、足りない分を輸入する必要が出てくるのです。

　私たちが口にする食べ物の食料自給率はどのくらいあるでしょう？

　お米は100％。野菜や海藻、魚も日本でたくさん作ったり、とったりしているため、自給率は高くなっています。

　意外にも、和食のイメージがあるみそや豆腐、納豆の原料となる大豆は、たったの7％。パンやパスタ、うどん、ケーキの原料となる小麦も12％しかありません。たくさんの食べ物を輸入に頼っていることがわかりますね。

1-3 人手足りず倒産

　働く人が足りなくなる人手不足で経営がゆきづまり倒産してしまう会社が増えています。

　会社の経営の状態について調べている東京商工リサーチのまとめでは、今年の前半（1-6月）に、人手不足が原因で倒産した会社は137社。昨年の前半とくらべて22社増えています。

　人手不足の原因の一つは、景気の回復です。景気がよくなると、仕事が増えるため、会社は従業員を増やします。現在は、大企業が従業員の確保に力を入れているため、中小企業に働き手が十分に回らないのです。

　建設業では、特に人手不足が深刻といわれています。そこで、政府や建設会社のグループは、建設現場で働く女性の数を、これからの5年間で、現在の10万人から20万人に増やそうとしています。女性が働きやすくする

ため、建設現場で女性トイレの設置などを進めていく予定です。

1-4 投票率アップ作戦

選挙の投票率をアップさせる作戦を国が考えています。国会議員を選ぶ選挙の投票率が、最近は低いからです。

選挙の日には、指定された1か所でしか投票できないことになっています。地域の学校や集会所などが投票所になります。

でも、投票所が家から少し離れている場合があります。選挙の日は日曜日なので、遊びに出かけて投票所に行かない人も多くいます。

このため、学校や集会所だけでなく、駅前など便利な場所に投票所を作って、投票できるようにすれば、投票率が上がるはずだと国は考えています。

選挙の日に投票にいけない人が事前に投票できる「期日前投票」も、時間を延ばす案が出ています。

国は、2015年の夏に行われる参議院選挙までに作戦を実行に移したいと考えています。

2-1 フェイスブック「ええやん！」追加

ソーシャル・ネットワーキング・サービス（SNS）のフェイスブックは8日、利用できる言語の設定に関西弁を加えたと発表した。通常の日本語版の「いいね！」は「ええやん！」、「コメントする」は「つっこむ」に置き換わる。

フェイスブックは日本語のほか英語や中国語など約90の言語から利用者が設定を選ぶことができ、日本語では二つ目となる。設定変更はパソコンや

スマートフォンなどでインターネットの閲覧ソフトを通じて利用する場合のみ可能で、アプリでは対応していない。

2-2　幸せホルモンの効用

　犬が不法投棄されたニュースが相次ぎ、胸が痛む。栃木県の鬼怒川河川敷では先月末、小型犬４０匹以上の死骸が発見された。

　ただ、国内で飼われる犬と猫は計2000万匹を超え、１５歳未満の子供（１６３９万人）を上回る。ペット好きの多さを物語る数字だろう。

　欧米の調査によると、犬や猫を飼う人が病院に通う回数は、飼っていない人に比べて約２割少ないという。ペットと触れ合うと、脳から「オキシトシン」の分泌が増えて心を落ち着かせるそうだ。これは俗に「幸せホルモン」と呼ばれ、ドイツでは年７５００億円、豪州で3000億円の医療費を削減する効果があったとの報告もある。

　あいにく日本には同様のデータがない。そこで、ペットフード協会（東京都千代田区）は、飼い主１万人を対象とした初の聞き取り調査に乗り出す。

　高齢化が進む日本の医療費は年４０兆円近くに達し、毎年１兆円規模で増える見通しだ。協会の調査は、社会保障費を少しでも削りたい政府にも大いに参考になるだろう。自動車保険で無事故の運転者の保険料を安くしているのと同様に、ペットの飼い主の保険料を割安にする保険会社が出てくるかもしれない。

　幸せホルモンの分泌は、親子や恋人が手をつないでも増えるという。それでもペットの効用に期待してしまうのは、人同士の触れ合いが減っているせいだろうか。

「妊婦マーク」知ってる？

　内閣府が１３日に発表した「母子保健に関する世論調査」によると、妊婦であることを周囲に知らせる「マタニティマーク」を知っている男性は３割にとどまっていることが分かった。小児救急の電話相談を受け付ける全国共通の短縮番号「＃８０００」を知っている人も１割しかいなかった。

　公共交通機関などで妊婦への配慮を促すため、厚生労働省が2006年に作成したマークを知っている人は、全体でも４５.６％。女性は５７.６％、男性は３１.２％だった。短縮番号を知っている人は１０.２％、男性に限るとわずか４.６％だった。年代別では、最も高い３０代でも２６.１％にとどまった。

　不妊治療で公費助成が受けられると知っている人は３５.０％。虐待を受けた疑いがある子供を見つけた場合、児童相談所などに通告する義務があることについて、知っている人は６１.７％だった。

　調査は今年７月、全国の20歳以上の男女3000人を対象に初めて行った。有効回収数は１８６８人（回収率６２.３％）だった。

バナナの皮　やっぱり滑る

　ユーモアあふれる研究に贈られる米国の「イグ・ノーベル賞」の授賞式が１８日、米ハーバード大で開かれた。２４回目となる今年は、バナナの皮を踏んだ時の滑りやすさを研究した、北里大医療衛生学部の馬渕清資教授（６３）らが物理学賞を受賞した。日本人の受賞は２０組目で、2007年から８年連続。

　馬渕教授らのグループは、ふだん研究する人工関節の性能向上に、バナナ

の皮の滑りやすい仕組みを応用できないかと考えた。バナナの皮の内側を下にして床に置き、靴で踏む実験を 100 回以上繰り返した結果、皮がない時に比べ、6 倍滑りやすくなることがわかったという。皮の外側を下にした場合は 3 倍だった。

滑りやすい理由は、バナナの皮に含まれる糖分と水分が染み出し、潤滑油のような役割を果たすためだという。馬渕教授は授賞式で、怪獣のゴジラがバナナの皮を踏んで転ぶ絵を掲げて、「バナナの皮の滑りやすさは、私たちの関節の滑りやすさとよく似ています」と内容を説明し、会場の爆笑を誘った。

3-2 「自分」より「人の役に」

日本人の考え方などを探るため、大学共同利用機関・統計数理研究所が 5 年ごとに行っている調査で、「たいていの人は他人の役に立とうとしている」と答えた人が ４５ ％ と過去最高になった。「自分のことだけに気を配っている」と答えた人は ４２ ％ で、初めて逆転した。

同研究所などは、東日本大震災での被災者やボランティアの、他の人を思いやる振る舞いが影響したとみている。

調査は １９５３ 年に始まった「日本人の国民性調査」。13 回目の今回は昨年 10-12 月、無作為で抽出した ２０-８４ 歳の男女計 ３１７０ 人に面接して聞いた。

日本人の長所を尋ねた質問（複数回答）では、「礼儀正しい」が ７７ ％ 親切」が ７１ ％ でいずれも過去最高だった。「礼儀正しい」は ５８ 年から 2003 年にかけては ３７-５０ ％ の間で推移していたが、前回 ０８ 年調査で ６０ ％ となり、今回は 17 ポイント増えた。「親切」は前々回 ０３ 年が ４１ ％ 、前回が ５２ ％ で、今回 19 ポイント上昇した。

「まじめに努力していれば、いつかは必ず報われると思う」は全体の７２％で、「いくら努力しても、全く報われないことが多いと思う」の２６％を大幅に上回った。ただ、２０-３０歳代の男性では「報われない」が３７％と多かった。

3-3 「垣間見る」昔の男の苦労

結婚する人が減っている原因のひとつに、男女が出会う機会が少なくなっていることがあるそうです。でも、平安時代はもっと大変でした。身分の高い女の人は気軽に外出することもできません。男の人はすだれ越しや、垣間（垣根などのすきま）からちらっと見て、心をときめかせるのが精いっぱいでした。

「垣間」＋「見る」が、発音しやすく「垣間見る」に変化して、こっそりとのぞき見することを表すようになりました。「竹取物語」には、絶世の美人とうわさされるかぐや姫を垣間見ようと、夜中に出かけていく男たちが登場します。

「垣根の間から女の人を見る」の意味が広がり、今では「カーテンの間から犯人の姿を垣間見る」など、いろいろな場面で「ちらりと見る」ことを表すのに使われています。

また、新聞には「作風世界の秘密を垣間見る」「自然の厳しさを垣間見た」といった使い方もよく出てきます。「物事の一部分を知る、一端に触れる」の意味です。

ところで、「ないしょ話を垣間聞いた」のように使うことがあります。でも、「垣間見る」のそもそもの成り立ちからすれば、「聞く」というのはちょっと変な感じがしませんか。

3-4 ３Ｄプリンター 悪用許すな

　神奈川県警は４月１２日、銃刀法違反容疑で元大学職員の居村佳知被告（２８）の自宅を捜索。押収した樹脂製銃５丁のうち２丁が「殺傷力あり」と鑑定された。殺傷力は基準値の５倍。弾は１０枚以上のベニヤ板を貫通した。「あんなオモチャが・・・」。捜査員は絶句した。

　捜査関係者によると、居村被告が静岡県の販売仲介業者から３Ｄプリンターを購入したのは昨年９月。米国製の組み立て式で６万円程度。１か月後、ネット上で入手した設計図を使い、銃を完成させていた。樹脂製銃は金属探知機で検知されず、犯罪に使っても焼却すれば、証拠は消える。犯罪捜査の常識を覆す「使い捨て銃」だ。

　３Ｄプリンター悪用の脅威は銃器にとどまらない。豪州では昨夏、３Ｄプリンターのスキミング装置をＡＴＭ（現金自動預け払い機）に仕掛け、読み取った情報で１０万ドルを詐取した東欧系の組織が摘発された。情報管理に詳しいトレンドマイクロ社（東京）によると、こうしたスキミング装置は中国で量産され、ロシアの闇サイトで２０万円前後で販売されていたという。

3-5 増やしたい オープンカフェ

　新宿駅東口に近い「新宿モア４番街」。全長約１００メートルの通りの一角に、幅約１.５メートルの赤いじゅうたんが敷かれ、赤いパラソルをつけたテーブル約１０基が並ぶ。毎日午後、通りは車の通行が規制され、路上の席についた買い物客らがコーヒーを飲むなどしてくつろぐ。

　通りには以前、放置自転車や違法駐車の車があふれていた。地元の「新宿駅前商店街振興組合」が１９８６年から５億円をかけて御影石の

石畳を敷いたが、有効な対策にはならなかった。

窮余の対策として浮上したのがオープンカフェ。2005年10月からの試験実施には新宿区などが協力。カフェの経営は、全国展開するグループ店に委託した。効果はすぐに表れ、放置自転車も違法駐車も消えた。同組合の浜中治男事務局長は「行き交う客は約3割増え、街に活気が出た。売り上げで防犯カメラや花壇の管理もできる」と喜ぶ。

この成功を踏まえ、国土交通省は11年10月に都市再生特別措置法を改正。通りの賑わい作りに役立つと警察や自治体が判断すれば、公道上にオープンカフェを設けることが可能になった。

だが法改正に伴って設置されたオープンカフェは、都内では、12年11月に改めて開店した「モア4番街」のみ。全国でも、ほかに群馬県高崎市と大阪市、札幌市の3か所にあるだけだ。

広がりを欠く原因の一つは認可手続きの煩わしさ。特措法では、市区町村が定める「都市再生整備計画」にカフェの希望設置場所を記す必要があり、そのためには地元の同意や市区町村の協議会の同意、都道府県の了解も必要だ。さらに道路の使用許可は警察、飲食店の営業許可は保健所からと、窓口は複数にわたる。

3-6 車いす目線　外出先情報

不慮の事故のため、4年前に車いす生活になった福岡県大野城市の篠原彩さん（31）が、街中や旅行で訪れた観光地で障害者やお年寄りが利用しやすいかどうかをチェックし、ブログで発信している。タイトルは「バリアフリートラベラーaya の『これなに？』」。日々更新するブログには、「弱者に役立つ情報を」という思いがあふれている。

〈このトイレには車いすのまま身だしなみをチェックできる鏡があります〉

（10月２３日、福岡市の岩田屋で）

〈このホテルは入浴用の車いすを無料で貸してくれますが、（衣類の）乾燥機を使うにはお手伝いが必要〉（３月２５日、東京のユースホステルで）

篠原さんが昨年９月に始めたブログには、福岡市・天神や大宰府天満宮のほか、韓国・釜山や和歌山県・高野山など、買い物や旅行で訪れた先で見たものや感じたことが日記形式の写真付きで掲載されている。ブログには障害者から「事前にどんな場所か分かり、役立ちました」「参考になります」といった書き込みが寄せられている。

篠原さんは２７歳だった2010年夏、自宅近くの公園で遊具から転落。脊髄損傷で下半身不随となった。旅行が好きでワーキングホリデー制度を使って台湾に行く準備をしていた矢先のこと。

障害者用トイレや駐車場などの情報はホームページなどで事前に得られるが、実際に出かけてみると、わずかな傾斜やでこぼこが大きな障害になると実感。当事者だからこそわかる施設の使いにくさ、使いやすさの情報を発信しようと、外出の際はメジャーを持ち、観光地やデパートの設備の広さや段差をチェック。感想や改善してほしい点などをブログに掲載している。

3-7 装い「普通」がクール

普通が「クール（かっこいい）」——。スニーカーにジーンズなど定番商品を好んで身に着けるファッションが「ノームコア」と呼ばれ、流行の最先端を好むニューヨークの若者たちに広がっている。米ギャップなどカジュアルブランドも「普通」をアピールする。めまぐるしい流行の移り変わりを敬遠した新たな動きとの見方もある。

ファッションに敏感な人たちが集まるニューヨーク市ブルックリン。古着店から出てきたネイサン・メタロさん（２８）は米カジュアルブランド「Lee（リー）」のジャケットと「リーバイス」のジーンズに身を包み、「この街では、みんなが流行の格好をするよ」と話した。

　ファッションモデルらも、高級ブランドの新作ではなく、Ｔシャツにジーンズ、スニーカーという「ごく普通」の格好をする流れが強まっている。

　「ノームコア」は、ニューヨークのトレンド調査会社「K-ホール」が「集団で目立つより、集団になじむことを優先する姿勢」を指して作った言葉だ。今年初めごろから、ファッション界で使われるようになった。

　スタイリストのジェレミー・ルイスさん（２８）は「短い流行サイクルに合わせ、使い捨てのように洋服を浪費することに、皆が嫌気を感じ始めた」と分析する。流行を素早く商品化し、安く世界的に流通させるスウェーデンの「ヘネス・アンド・マウリッツ（H&M）」やスペインの「ZARA」などが席巻していることが背景にあると見ている。ルイスさんは「ブランドを発信する側と消費者側の双方に影響がある大きなムーブメント（動き）だ」と言い切る。

　一方、米投資銀行パイパー・ジャフリーは、１９９０年代にもカジュアルが流行しており、２０年周期で繰り返すブームに過ぎないと位置づける。

4-1 いじめ相談　スマホで

　スマートフォンの急速な普及でネットやＳＮＳに絡むいじめやトラブルが増加する中、港区は、子供たちがスマホやパソコンから２４時間相談できる専用サイト「みなと子ども相談ねっと」をスタートさせた。かわいいキャラの

アバターを設定し、匿名で利用してもらう。相談する抵抗感をできるだけなくし、早期対応で被害拡大を防ぐ狙いがある。

相談ねっとは6月30日から相談の受付を開始。区内に住む18歳未満の子どもが対象で、4日夕の段階ですでに13人から相談が寄せられており、友人関係の悩みなどを寄せている。利用するには、専用サイトで、メールアドレスや年齢、ニックネームなどを登録し、うさぎやキリンなど好きなアバターを選んでマイページを作る。ページ上に相談を書き込むと、回答もページ上に届く仕組みだ。

臨床心理士や保健師などの資格を持つ同区子ども家庭支援センターの相談員が約10人体制で回答を作成。回答までに数日間かかるが、「自殺」や「殴られた」など、緊急性が高いキーワードが含まれていた場合は、目立つ字で表示されるようになっており、その場合は、すぐに面談を試みるなど素早く対応するという。

4-2 給食に牛乳は不要？

学校給食に牛乳は必要か――。完全米飯給食を導入する新潟県三条市が、「ご飯に牛乳は合わない」として試験的に給食から牛乳を外す方針を決めたことが、波紋を呼んでいる。「和食文化を守っていきたい」などの考えから、京都市でも給食の時間に牛乳提供を続けるか検討が始まった。一方、栄養の専門家らは「カルシウム不足になる」と強く反発。給食のあり方をめぐる論争に発展している。

三条市立裏館小の今月9日の献立は、生のりなどを入れた「いそか汁」、サバの味噌漬け焼き、厚揚げとコンニャクのいため煮などと牛乳。主食は毎日ご飯で、パンや麺類の提供はない。

こめどころの同市では2008年度から市立の全小中学校（現在は３０校）で完全米食給食を実施。ご飯に汁物、主菜、副菜という和食の基本「一汁三菜」を提供する。昨年１２月に「和食」が国連教育・科学・文化機関（ユネスコ）の無形文化遺産に登録されたことを受け、児童生徒に和食の作法を教えるなど、食育にも力を入れている。

今年１２月からは、牛乳の提供を４か月間、試験的に中止する予定だ。「ご飯と牛乳は合わない」という保護者の声を受けたほか、消費増税に伴う給食費の値上げを避ける狙いもあるという。期間中は小魚のふりかけを使ったり、魚のおかずの量を増やしたりして、カルシウム不足を防ぐ予定だ。

一方、日本栄養士会、全国学校栄養士協議会は、「学校給食で提供する牛乳は、成長期の子供たちに必要な食品。中止はカルシウム不足を招く恐れがある」などとして、三条市の動きに疑問を呈する声明などを相次いで発表した。

牛乳は効率よくカルシウムを摂取できる飲料として戦後、学校給食に定着。文部科学省は、6-14歳の子供が一回当たりの給食で摂取すべきカルシウムの目安を300-450ミリ・グラムと定めている。牛乳は200ミリ・リットルで２３０ミリ・グラムほどのカルシウムを摂取できる。同省は学校給食での牛乳提供を具体例に挙げるが義務化はしていない。

一方、米飯給食は１９７６年に導入され、2012年度は小中学校などの約９５％が週に３回以上、実施している。同省学校健康教育課では、「給食の食材や献立を決めるのは自治体。栄養摂取に影響がなければ問題ない」としている。

体と心の性が一致しない性同一性障害と見られる児童生徒が、全国の小中高校で少なくとも６０６人いることが１３日、文部科学省の初めての調査で分かった。このうち6割に対しては制服などについて何らかの配慮がされていたが、4割近くは配慮がなく、学校現場で対応が分かれている実態が浮き彫りになった。文科省は今後、専門家の意見を踏まえ、対応策づくりに乗り出す。

国公私立の小中高校などに昨年４－12月に在籍した児童生徒１３６９万人を対象に、学校側が既に把握している事例を調査。その結果、児童生徒か保護者が性同一性障害と認識し、学校側に伝えているケースは６０６人。このうち戸籍上の男子は２３７人、女子が３６６人で、無回答が3人いた。高校が４０３人と過半数を占め、中学１１０人、小学高学年 ４０人、同中学年 ２７人、同低学年 ２６人だった。

学校側が特別な配慮をしている児童生徒は３７７人と全体の6２.2％。具体的な配慮（複数回答）としては、服装面が１６１人と最も多く、生徒が認識している性別での制服着用を認めた学校や、制服のない小学校で戸籍上男子の児童がスカートで登校しているケースもあった。ほかに、職員トイレを使用させたり、戸籍名とは違う通称で呼んだりと、各校が様々な工夫をしていた。一方、２２８人（37.6 ％）に関しては特に配慮はされていなかった。無回答は1人（0.2 ％）。

現状については、「周囲も受け入れている」という回答があった一方、「不登校状態となっており、保健室に通うことが多い」という例もあった。

文科省は「調査結果は実際の人数の一部」としており、性同一性障害の当

事者らでつくる団体「ｇｉｄ．ｊｐ 日本性同一性障害とともに生きる人々の会」の山本蘭代表（５６）は「子どもたちが学校に相談しやすい環境をつくることが重要だ」と指摘する。

中塚幹也・岡山大教授（生殖医学）の話「全国調査をしたことで学校現場の意識が変わるのではないか。学校全体での組織的な対応が進んでいる海外の取り組みを参考に、個々の子供にあった支援ができるように、教員に基礎知識を学んでもらうことが大事だ」。

4-4 「一生治らない」は間違い

国内にカジノを作るか否かの議論の中で、盛んに話題に上るギャンブル依存症。「日本人は依存症になりやすい」との声や、「発症すると治らない」との見方があるが、本当なのか。最新のカウンセリング治療を行う専門病院で真相を探った。

神奈川県横須賀市の国立病院機構・久里浜医療センター。約１０年前から競馬にはまり、２５０万円失っても懲りず、借金で競馬を続ける６０歳代の女性が、昨夏にできたギャンブル外来でカウンセリングを受けた。

「競馬は投資。やめない」。最初はかたくなで、「老後の生活資金を増やすのが目的」と語った。だが、精神科医の河本泰信さんが対話を続けると「お金を増やして周囲の人を助けたい」と、もう一つの目的を明かした。動機が金銭欲だけなら、負けが続くと我に返りやめられるが、名誉欲の一種の「お世話欲」の充足まで競馬に求めたため、没入してしまったのだ。

河本さんは競馬をやめろとは言わず、続けるための条件を示した。「競馬の目的を一つに絞ること」。金銭欲なり暇つぶしなり、一つの目的だけで行っていれば病的状態には陥らないとの考えからだ。加えて河本さんは、女性の

お世話欲を別の形で満たすため、ボランティア活動を勧めた。

　女性は地域の世話役を始めた。すると競馬への興味が薄れた。金銭欲の面でも「負け続きで割が合わない」と感じ、つき物が落ちたかのように急速に回復した。

　国の研究班が昨年行った調査では、ギャンブル依存症の疑いがある人は成人男性の 8.7 ％、女性の 1.8 ％ だった。欧米では疑い例は 1 ％ 前後で、日本の多さが際立つ。こうした結果から「カジノを作っても日本人は入れるな」などの極端な声が上がった。

　しかし、成人男性の 1 割近くがギャンブル依存症になるような国が、世界第 3 位の経済大国でいられるものだろうか。河本さんは「調査の質問表は米国でカジノに通う人を想定して作られており、パチンコ店に気軽に立ち寄れる日本では、実態以上に疑い例が増えてしまう」と指摘する。

　河本さんは更に「ギャンブル依存症に陥っても、大半の人は自然にやめるか、問題のないギャンブルに戻るという海外の研究結果がある。深刻化する人は 1 割ほどではないか」とみる。

　だが医療機関でギャンブル依存症と診断されると、「一生治らない」と決めつけられ、以後はギャンブルを禁じられるのが通例だ。数回の通院で回復した先の女性も治療前は重症レベルだった。もし別の病院に入っていたら問題を更にこじらせていたかもしれない。

　河本さんは「最新の脳研究でも、治らないという根拠は示されていない。安易な決め付けが患者を追い込んでいる」と指摘する。

　ギャンブル依存が深刻化しやすいのは、自己評価が著しく低い人だ。達成感や優越感の充足、現実逃避の欲求などまでギャンブルに求め、のめり込む。こうした人に「治らない」のレッテルを貼ると、自己評価はますます低

下してしまう。

　同センターの新たな治療の試みは始まったばかりだ。河本さんは「社会全体で適切な治療について考えてほしい」と呼びかけている。

附錄 2
問題解答

① グラフを見て、女子の成績がよかった年と、悪かった年の差は、何メートルですか。

> 差：16.53-14.37=2.16 メートル

② 記事を読んで、投げる力が弱くなった理由を二つ書きましょう。

> ・キャッチボールなど投げる遊びが減り、遊べる場所も少なくなってきた（から）。
> ・生活が便利になったことで、車やエレベーターなどに頼りがちになり、生活の中で体を動かすことが少なくなった（から）。

③ 体力がつくと、どんないい点がありますか。記事を読んで、2つ書きましょう。

> ・カゼ（風邪）などの病気にかかりにくくなる。
> ・やる気や集中力といった脳の働きが高まる。

④ 体力をつけるために、今日からどんなことを始めたいと思いますか。

> 低い階の移動にはなるべく階段を使う。あまり疲れていないときは、バスや電車の中では立っている。

1-2 食生活代わり自給率下がる

① 日本の自給率が下がってきた理由を二つ書きましょう。

> ・食生活が変化した（から）。洋食化が進んで、原料を外国からの輸入に頼らなければならない（から）。
> ・農業をする人が減ってしまっている（から）。田んぼや畑が減り、農作物の生産量も減ってしまい、足りない分を輸入する必要が出てくる（から）。

② 右の「食品ごとの自給率」の図から、50パーセント以上の食品を、高い順にぬき出しましょう。

順位	食品名	割合
1	米（主食用）	100%
2	野菜	79%
3	海藻（ノリなど）	69%
4	牛乳・乳製品	64%
5	魚（食用）	60%

③ この記事を読んで、考えたことを書きましょう。

自分の食べるものを自分たちで十分作ることができず、輸入に頼るというのは、不安定な状態で、できるだけ解消された方がいい。食生活を国が規制することは難しいが、農業人口を増やすような政策はうまくいく可能性がある。

1-3 人で足りず倒産

① 景気の回復が原因で、中小企業が倒産する仕組みを図にしました。【 】に当てはまる言葉をそれぞれ記事から抜き出しましょう。

A：仕事
B：従業員
C：大企業

② いくつもの建設会社が、あなたを雇いたいと言ってきました。給料と仕事の中身は同じです。あなたは何を基準に会社を選びますか？自分が大切だと思う基準を3つ書きましょう。

1. 会社が大きく、不景気に強い（簡単に倒産しない、安定性がある）。
2. 残業が少ない。
3. 有給休暇があり、取りやすい。

③ 働く人が増えるためには、国（政府）は、何をすれば良いと思いますか？

> 日本で一番働く人が少ない層は、おそらく結婚・出産後の女性である。だから、働く人を大きく増やすためには女性を働きやすくするのが有効な方法の一つである。しかし、「男は外、女は家」という伝統的な価値観のほかに、最近では保育所が少なく、女性が子供を預けて仕事をすることができないという問題が指摘されている。そのため、特に後者に焦点を当てた政策が求められる。

1-4 投票率アップ作戦

① 選挙で投票に行く人が少ないのは、なぜだと思いますか。

> 指定された一ヶ所だけの投票所が家から少し離れている場合があり、便利ではない（から）。また選挙の日は日曜日なので、遊びに出かけて投票所に行かない人も多くいる（から）。

② 選挙で投票する人が少ないと、どんな問題が起きると思いますか。

> 投票する人が少ないと、政権への民意を判断するための投票先の比率が、有権者全体のものを正しく反映できない可能性がある。

③ 以下の人たちは、どんな場所に投票所があれば、便利だと思いますか。いくつも書きましょう。

> 車に乗る人…ガソリンスタンド
> 買い物客…スーパー
> 家族連れ…遊園地

【発展学習】回答例

> 台湾・アメリカなどでは、国政選挙の際にタレントが投票を呼びかけることがよく見られる。しかし日本ではそのようなことはなく、納税や防犯な

どを呼びかけるイベントに限定されている（「一日署長」など）。日本でも知名度のあるタレントがメディアで呼びかけることが増えれば、投票率が上がるかもしれない。

2-1 フェイスブック「ええやん！」追加

① フェイスブックの標準語は、どんな関西弁に置き換わりますか。

「いいね！」→「ええやん！」
「コメントする」→「つっこむ」

② フェイスブックでは、日本語のほか、いくつの言語が選べますか。また、例えばどんな言語がありますか。

約90（の）言語
例えば英語や中国語

③ 関西弁への設定変更の決まりはどのようなものですか。【　】を埋めて答えましょう。

【パソコン】や【スマートフォン】などでインターネットの【閲覧ソフト】を通じて利用する場合のみ、設定変更は可能。【アプリ】では対応していない。

④ 回答例

日本語は、メディアや書面ではほとんど「標準語」（東京地方のことばを土台にして理念的に作られた日本語）に統一されているが、日常会話ではそれぞれの地方の方言が多用されている（特に高齢者と、出生地を離れた経験が少ない若者）。自分の気持ちを一番よく表せるのは方言であるという人は多く、日本の半分近くで使われている関西弁が加えられるのは自然なことである。

① ペットを飼う人は、どうして病院に通う回数が少ないのでしょうか。

> ペットと触れ合うと、脳から「オキシトシン」の分泌が増えて心を落ち着かせるから。

② ペットの犬と猫の数が、人間の子供より多い日本。ペットを飼いたいと思う人がこんなに多いのは、どうしてだと思いますか？

> 人同士の触れ合いが減っているせいかもしれない。

③ 回答例

> どんな時？
> 電話やLINE、メールの着信音がしない静かなところで、のんびりと自分の読みたかった本を読むとき。

> 機会を増やす工夫：
> スマホやパソコンの着信音を消す、または電源を消す時間を作る。ただし、その前に、よく連絡を取る友人・知人（さらに職場の同僚など）にはその旨連絡した方がいいかもしれない。また、そのようなリラックスの方法をお互いに認め合う社会的な雰囲気が必要だろう。

2-3 妊婦マーク知ってる？

① どうして周りの人に「私は妊婦です」と知らせた方がいいのでしょうか？ヒントを参考に理由を書きましょう。ヒント：満員電車、荷物、階段、タバコ

> 妊婦は、特に妊娠初期にはあまり腹部がふくらんでいないので、周りの人に気づかれないことが多い。そのため、満員電車で長時間立つ、重い荷物を持つ、階段を上り下りする、他人のタバコの煙を吸うなど、妊婦に悪いことをなるべくしないように、周りの人に協力してもらうことが必要である（から）。

② 妊婦さん以外にも、周りの人の理解や手助けが必要な人はたくさんいます。「○○マーク」を考え、図にしましょう。

自閉症、「大声出しちゃうかも」マークなど

③ 回答例

大声を出したり独り言をしていたりしても、実際には無害なので、叱責したりしない。

3-1 バナナの皮　やっぱり滑る

① バナナの皮を実際に踏む実験を何回行ったでしょうか。

100 回以上

② 実験の結果、バナナの皮によってどれくらい滑りやすくなることが分かったでしょうか。

6 倍

③ バナナの皮を踏むと滑りやすいのは、なぜでしょうか。

バナナの皮に含まれる糖分と水分が染み出し、潤滑油のような役割を果たすため。

④ 回答例

食べ物を床や地面に落とした後、何秒までなら食べても大丈夫か（細菌がつかないか）？
・日本には俗に「三秒ルール」「五秒ルール」などという基準がある。
・実際にこの問題でイグ・ノーベル賞を受賞した人がいた。

3-2 「自分」より「人の役に」

① 回答例

> 思う…人から感謝されるのは気分がいい。
> 思わない…自分の能力は、全部自分のために使いたい。

② 「人の役に立とうとしている」と考える日本人が増えている理由を、本文から書き出しましょう。

> 東日本大震災での被災者やボランティアの、他の人を思いやる振る舞いが影響した（から）。

③ 回答例

> 20〜30代は、特に勤労者が多いと思われる男性では、仕事に慣れて職場の中でもある程度高い位置につき始める頃である。それと同時に社会の現実を実感し始める頃でもある。「報われない」と感じる人がこの層に多いのは、その反映かもしれない。

3-3 「垣間見る」昔の男の苦労

① 「垣間見る」という言葉は、どのようにできたのでしょう。

> 平安時代、身分の高い女の人は気軽に外出することもできない。そのため、男の人はすだれ越しや垣根などのすきま（垣間）からちらっと見て心をときめかせるのが精いっぱいだった。そこから、「垣間」と「見る」が合体して、「垣間見る」という言葉ができた。

② 「垣間見る」には現在、どのような意味がありますか。記事の中から2つ抜き出しましょう。

> 1. こっそりとのぞき見すること、ちらりと見ること。
> 2. 物事の一部分を知ること、一端に触れること。

③ 回答例

> 親友だった人達が借金の問題で喧嘩しているのを見て、お金の怖ろしさを垣間見たような気がした。

④ 回答例

> 大学では非常に真面目で、冗談を言ったり笑ったりしているところを見たことがない先生が、大学の外では友人と冗談を飛ばし合って笑っているところを見た。人間は職場での姿だけでは判断できないと思った。

3-4 3Dプリンター　悪用許すな

① 被告が3Dプリンターで作った拳銃の特徴を書き出しましょう。

> ・殺傷力は基準値の五倍で、弾は10枚以上のベニヤ板を貫通した。
> ・金属探知機で検知されず、犯罪に使っても焼却すれば証拠は消える。

② 銃以外に3Dプリンターを悪用した例を書き出しましょう。

> 3Dプリントのスキミング装置をATMに仕掛け、読み取った情報で10万ドルを詐取した組織が摘発された。

③ 回答例

> 「21世紀の産業革命」：今までは入手しにくい材料と高い値段で、専門技能者にしか作れなかった工業製品が、誰でも安く簡単に作れるようになった。
> 「犯罪革命」：しかし、悪用することで、犯罪に使用できるものも簡単に作れるようになった。

④ 回答例

全く新しい技術が出現してある程度普及すると、必ずそれを悪用するケースが多く発生し、厳しい規制が唱えられることになる（インターネット、ドローンなど）。しかし強すぎる規制はその技術の発展を止めてしまうことにもなるので、免許制・実名登録制など、悪用を思いとどまらせる対策を充実させることが一つの方法である。

3-5 増やしたい　オープンカフェ

① 新宿の商店街組合は、なぜ公道上にオープンカフェを設置したのですか。

通りに以前放置自転車や違法駐車の車があふれていて、御影石の石畳を敷いたが、有効な対策にならなかった（から）。

② なぜ、オープンカフェを設置することで、①を実現する効果があったのだと思いますか。

車の通行が規制でき、売り上げで放置自転車や違法駐車に効果があると思われる防犯カメラや花壇の管理もできる（から）。

③ 公道上のオープンカフェが広がらない理由はなんですか。

市区町村が定める「都市再生整備計画」に希望設置場所を記す必要があり、そのためには地元・市区町村の協議会・都道府県の同意が必要である（から）。
また、道路や飲食店など、設備の使用許可をそれぞれ違うところに申請しなければならない（ので、手続きが煩わしい）。
同意を得なければならないところが多く、道路や飲食店などの使用許可を申請するところがそれぞれ違う（ので、手続きが煩わしい）。

3-6 車いす目線　外出先情報

① 女性はどのような情報を発信していますか。

> 観光地やデパートの設備の広さや段差をチェックして、車いすの人から見た感想や改善してほしい点などをブログで発信している。

② 女性はなぜこのような情報を発信しようと考えたのでしょう。

> 障害者用トイレや駐車場などの情報はホームページなどで事前に得られるが、障害者だからこそわかる施設の使いにくさ、使いやすさの情報を発信しようと思った（から）。

③ 回答例

> いろいろなところへ出かけるのが好きなのに車いすになってしまい、行動の自由が制限されてしまったときには、ものすごい絶望感に襲われただろうが、その状態を前提にして自分にできることを思いつくところは、自由さと強さを感じる。

3-7 装い「普通」がクール

① 回答例

> 便利なところにポケットがあるかなど、機能性。

② 回答例

> 目立つ服装…他人とは違う唯一の自分を表現したいから。
> 集団になじむ服装…目立つのがあまり好きではない。一度友人・知人の前で目立つ服装をすると、それをやめられなくなる。

③ 回答例

完全に新しい流行というものはなく、形を変えながら同じものが順番に戻ってくる。ファッションでは「普通」と「普通でない」が一つのサイクルになっている。

4-1 いじめ相談 スマホで

① 相談ネットの仕組みはどのようなものでしょう？

専用サイトに【マイページ】を作り、相談事を書き込むと【ページ上／マイページ】に回答が届く

② 相談ネットで回答する相談員は何の資格を持っているでしょう？記事を読んで答えてください。

【臨床心理士】や【保健師】

③ 回答例

良い点：手軽さ
理由：電話で直接話すのに比べ、文章では家族などに知られにくく、事実関係などを整理しやすい。
悪い点：匿名性
理由：いたずらやなりすましが多くなりそう。

4-2 給食に牛乳は不要？

① 給食に牛乳を出さないことについて、賛成派と反対派の意見をそれぞれ書きましょう。

賛成派：
・ご飯と牛乳は合わない。（保護者）
・消費増税に伴う給食費の値上げを避けられる。（三条市）
　少なくとも反対ではない：
・栄養摂取に影響がなければ問題ない。（文部科学省）
・和食文化を守っていきたい。（京都市）
反対派：
・カルシウム不足になる。（栄養の専門家）

② 記事を読んで、思ったことや考えことを書きましょう。

新潟の事例では、和食か洋食かという問題のほかに、当地がいわゆる穀倉地帯で、米を容易に調達できること、米消費への要請が強いことも大きく関係していると思われる。しかし、最も重視しなければならないのは給食を食べる児童・生徒たち自身の栄養状態である。「大人の事情」によって食という生活の基本事項が損なわれないように注意が必要だろう。

4-3　性同一性障害の子供 606 人

① 文部科学省が性同一性障害の児童生徒への対応策作りに乗り出します。その理由として正しいものを次の中から選んでください。

　　（2）

② 性同一性障害の子供に対する学校の対処として適切なものを次の中から選んでください。

　　（2）

【発展学習】回答例

例えば、制服として必ずスカートをはかなければならない、髪型を三つ編みにしてはならないなど、心理的な性と違う姿でいることを強制されるとき。

① ギャンブル依存を深刻化させる人は、どんなタイプの人で、どうしてそうなるのでしょうか。記事の中の言葉で書きましょう。

> 自己評価が著しく低い人が、ギャンブル依存を深刻化させやすい。ギャンブルの動機が金銭欲だけなら、負けが続くと我に返りやめられるが、達成感や優越感の充足、現実逃避の欲求などまでギャンブルに求め、のめり込んでしまうからだ。

② ギャンブル依存症に関する河本医師の見解で正しいものは次のうちどれでしょうか。一つ選んで丸をつけてください。

> （3）

③ 回答例

> 日本人が特にギャンブル依存症になりやすいのではなく、競馬・パチンコなど、メディアで大々的に宣伝され、誰でも気軽に入れるようなところ（駅前など）に所在しているのが問題なのかもしれない。

④ 回答例

> 例えば、「社会に貢献したい」「寂しさを紛らわしたい」などの社会的な欲求を満たせるように、ボランティアや戸別訪問などを充実させる。

附錄 3
介紹文翻譯參考

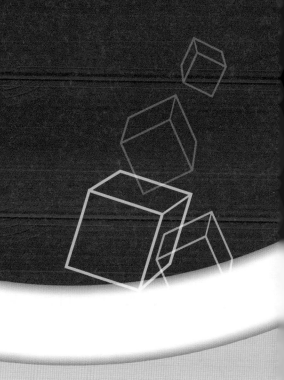

3-1

バナナの皮ですってんころりん―。漫画やアニメでよく見るシーンを、日本人研究者が科学的に実証し、ユーモアあふれる研究を表彰する米国の賞「イグ・ノーベル賞」を受賞した。

因爲香蕉皮而跌一跤…。我們在漫畫或是卡通中常看到的一幕，經由日本的研究者們以科學的方式證實了。而且獲頒了專門表揚富有幽默感研究的美國「搞笑諾貝爾獎」。

3-2

「人は人の役に立とうとしている」と考える日本人が増えていることが、研究機関の調べでわかりました。

透過研究機關的調查，我們了解到現在認爲「人會盡力幫助他人」的日本人增加了。

3-3

教室ではいつも悪ふざけばかりしている同級生が、電車の中でお年寄りに席を譲っていた―。よく知っている人の意外な面を垣間見ること、ありますよね。さて、その「垣間見る」という言葉、どんな特徴があるのでしょう。

在教室裡老是調皮搗蛋的同學，卻在電車上讓座…。有時我們會「瞥見」熟悉的人呈現出令人意外的另一面。而這裡日文所用的「垣間見る」的表達方式，它的特徵是甚麼呢？

3-4

3Dプリンターで自作した拳銃を所持していた男が逮捕され、社会に動揺が広がっています。日本では3Dプリンターのいい面ばかりが強調され、マイナスの影響についてはきちんと議論されてきませんでした。家電製品として出回り始めている現在、議論を進める必要があるのではないでしょうか。

隨著使用3D列印機自己製作手槍的男子被捕，引起社會上一陣震撼。在日本只

見不斷強調 3D 列印機的好處，對於其缺點卻沒有被討論過。現在 3D 列印機作爲一種家庭電器用品，開始流通在市面上，我們是否也該進行其缺點的討論呢？

3-5

屋外にテーブルを並べた「オープンカフェ」。3 年前に法律が改正され、公道上への設置が可能になりました。しかし、東京都内では、新宿駅近くの商店街の組合が設置したものがあるのみ。なかなか広がらないようです。

在室外擺設桌椅的「露天咖啡座」。3 年前因爲法律的修改，所以已經可以擺設在公共道路上了。但是，在東京都内，僅有新宿車站附近的商店街公會有設立露天咖啡座。看來似乎很難達到廣泛的設置。

3-6

車いす生活を送る女性が、障害者やお年寄りのための情報をブログで発信しています。

必須倚靠輪椅生活的一位女性，爲了身障者及長者們，持續在部落格發聲。

3-7

アメリカのニューヨークで、いま若者に、T シャツやジーンズという「普通」のファッションが流行しているそうです。

據説，在美國紐約年輕人們，正流行 T 恤、牛仔褲這種所謂「普通」的裝扮。

4-1

スマートフォンが広まったため、ネットや SNS にからむいじめが増えています。東京都港区では、その状況を逆手にとって、新たな試みを始めました。

因爲智慧型手機的普及，導致了使用網路及社群網站的霸凌頻傳。在東京都港區，將那樣的狀況逆向操作，開始了新的嘗試。

4-2

新潟県三条市は、学校給食から牛乳をはずすことを決めました。この方針をめぐって、いろんな意見が出されています。

新潟縣三條市決定從營養午餐中，將牛奶剔除。針對這個市的方針，引發了多方的意見。

4-3

「性同一性障害」について、全国の学校で調査が行われました。偏見がなくなるきっかけとしたいものです。

在日本全國進行了關於「性別認同障礙」的調查。希望藉此可以消彌偏見。

4-4

「治らない」と言われる「ギャンブル依存症」。しかし、治療の試みを続ける専門病院では、成果が出ているようです。

總是被認為「無法治癒」的「賭博成癮症」。然而，在持續嘗試治療「成癮症」的專業醫院中，似乎開始有治療的成果了。

國家圖書館出版品預行編目資料

新聞日語／許均瑞著.
－－初版.－－臺北市：五南，2016.05
　　面；　公分
ISBN 978-957-11-8605-4（平裝）

1.日語　2.新聞　3.讀本

803.18　　　　　　　　　105006613

圖片來源：日本讀賣新聞社

1XOM

新聞日語

作　　　者－ 許均瑞

日文編校－ 田中研也

發 行 人－ 楊榮川

總 編 輯－ 王翠華

主　　編－ 朱曉蘋

封面設計－ 陳翰陞

出 版 者－ 五南圖書出版股份有限公司

地　　　址：106台北市大安區和平東路二段339號4樓

電　　　話：(02)2705-5066　傳　　真：(02)2706-6100

網　　　址：http://www.wunan.com.tw

電子郵件：wunan@wunan.com.tw

劃撥帳號：01068953

戶　　名：五南圖書出版股份有限公司

法律顧問　林勝安律師事務所　林勝安律師

出版日期　2016年5月初版一刷

定　　價　新臺幣300元